Jacob y Wilhelm
Grimm
El sastre que llegó al cielo
y otros cuentos

Jacob y Wilhelm
Grimm
El sastre que llegó al cielo
y otros cuentos

Traducción del alemán y epílogo de
Isabel Hernández

Nørdicalibros

Títulos originales:
Das Märchen vom treuen Gevatter Sperling,
Das Märlein von der ausschleichenden Maus, Ein Mährchen,
Geschichte vom Feuerfunken, Brüderchen und Schwesterchen,
Märchen von einem, der auszog, das Fürchten zu lernen,
Das Märchen vom Schneider der in den Himmel kam,
Das Fest der Unterirdischen, Schneeweischen und Rosenroth,
Märchen von dem klugen Hans, Der faule Heinz,
Der gläserne Sarg, Teufel und Fortuna,
Die ungleichen Kinder Evas, Märchen vom Meister Pfriem,
Krieg der Wespen und Esel, Der Zaunkönig.

© De la traducción:
Isabel Hernández

© De esta edición:
Nórdica Libros S. L.
C/ Doctor Blanco Soler, 26 · 28044 Madrid
Tlf: (+34) 917 055 057
info@nordicalibros.com
Primera edición en rústica: junio de 2024
ISBN: 978-84-10200-54-8
DEPÓSITO LEGAL: M-13924-2024
IBIC: FA
THEMA: FBA
Impreso en España / *Printed in Spain*
Gracel Asociados (Madrid)

Diseño:
Nacho Caballero

Maquetación:
Diego Moreno

Corrección ortotipográfica:
Victoria Parra y Ana Patrón

Imagen de cubierta:
Den 18. tag des Christmonats im 1564. Jar gesehen worden
Mayer, Sebald [-1576], Zentralbibliothek Zürich

Érase una vez una cierva que había dado a luz a un cervatillo y le pidió al zorro que fuera su padrino. El zorro invitó a su vez al gorrión y el gorrión quiso también invitar al perro, su amigo particular. Pero al perro su amo lo había atado a una cuerda, porque en una ocasión había regresado a casa completamente borracho. El gorrión dijo:

—Eso no tiene mucha importancia. —Y fue picoteando uno tras otro los hilos de la cuerda hasta que el perro quedó libre.

Entonces fueron juntos al banquete del compadre y se divirtieron mucho, pero el perro se olvidó de su situación y volvió a excederse con el vino; al volver a casa iba tambaleándose y acabó tumbándose en medio del camino. Acertó entonces a pasar por allí un carretero y estaba a punto de atropellarlo.

—Carretero, no lo hagas —le gritó el gorrión—, te costará la vida.

Pero el carretero no le prestó atención y pasó sus caballos justo por encima del perro, y las ruedas del carro le partieron las patas. El zorro y el gorrión arrastraron al compadre hasta casa; cuando su amo lo vio dijo que estaba muerto y se lo dio al carretero para que lo enterrara. El carretero lo cargó en el carro y continuó su marcha. El gorrión iba siempre a su lado exclamando:

—¡Carretero, te costará la vida!

O bien se posaba sobre la cabeza de un caballo y exclamaba:

—¡Carretero, te costará la vida!

El carretero se enfadó, echó mano a su azada y la levantó para golpearlo, pero el gorrión salió volando y el carretero le dio a su caballo en la cabeza, de forma tal que cayó muerto. Así pues, continuó su camino con los otros dos; entonces el gorrión regresó, se posó en la cabeza del otro caballo y exclamó:

—¡Carretero, te costará la vida!

El carretero volvió a darle un golpe, pero solo acertó al caballo, que cayó muerto. Con el tercero ocurrió exactamente lo mismo: el carretero estaba furioso y no esperó mucho, sino que lanzó el golpe al instante, de modo que ahora todos sus caballos estaban muertos y tuvo que dejar allí el carro. Regresó a casa enojado y envenenado, y se sentó detrás de la estufa, pero el gorrión llegó volando, se posó ante la ventana y exclamó:

—¡Carretero, te costará la vida!

Este, furioso, le da un golpe a la estufa, y como el pájaro va saltando de un lado a otro, acaba dándole a todos sus enseres y a las paredes de su casa. Por fin atrapa al pájaro:

—¡Ahora te tengo! —Se lo mete en la boca y se lo traga.

Pero el gorrión empieza a mover las alas dentro del cuerpo del carretero, aleteando llega hasta su boca, saca la cabeza y exclama:

—¡Carretero, te costará la vida!

Entonces el carretero le da la azada a su mujer:

—¡Mujer, quítame al gorrión de la boca de un golpe!

Pero la mujer falla el golpe y le da en la cabeza al marido, que cae muerto al instante, y el gorrión se largó de allí.

Publicado en el primer volumen del *Deutsches Museum* (Museo alemán) editado por Friedrich Schlegel. Viena, 1812, págs. 412-414.

Dram, un rey de la antigua Franconia, vivió en la segunda mitad del siglo VI, y se lo ensalza frente a otros muchos por haber sido un gobernante piadoso, clemente y bondadoso. Un día fue al bosque a cazar con muchos de sus vasallos. Pero aconteció, como suele ocurrir, que unos y otros se fueron perdiendo por el camino y al final el rey se quedó solo en la espesura con uno que le era especialmente fiel y lo quería mucho. A causa del calor y la fatiga le sobrecogió entonces un gran cansancio, reclinó la cabeza sobre el regazo de su acompañante y se durmió. Estando así dormido, el fiel sirviente que lo vigilaba vio de repente a un animalito que salía en silencio de la boca del rey y se marchaba corriendo. Allí cerca había un arroyo muy pequeño; hasta él se dirigió el animal yendo de un lado para otro, pues quería cruzarlo, pero no podía. Cuando el compañero de armas lo vio en este atolladero, sacó su espada de la vaina, la tendió sobre el arroyo ante el animalito y este cruzó de inmediato por encima de la espada desnuda. Tras esto observó cómo el animal continuaba andando hasta que se detuvo ante una montaña; había allí un agujero por el que se coló. Pasado un rato volvió a salir por esa misma abertura, cruzó el arroyo por encima de la espada y, de un salto, volvió a meterse en la boca del adormecido rey, de la que había salido.

Gundram despertó poco después y en ese mismo instante le contó a su vasallo que había tenido un sueño muy extraño. Había soñado que cruzaba un río por un puente de hierro y llegaba hasta el interior de una montaña hueca, donde había visto grandes montones de oro. Su compañero de armas le contó entonces lo que había sucedido en realidad. Ambos se pusieron en camino y llegaron hasta la consabida montaña, donde hallaron un ingente tesoro de oro que estaba allí oculto desde tiempos inmemoriales. De ese exquisito oro el rey mandó después hacer sagrados cálices.

Publicado en el número 24 de los *Friedensblätter* (Pliegos pacifistas), 1815, pág. 95.

UN CUENTECILLO

Érase una vez, hace muchos muchos años, una pobre mujer; aunque era tan pobre, le hubiera gustado tener un niño, pero no llegaba ninguno y no pasaba noche ni día en que no lo anhelara más que el enfermo anhela una bebida fresca o el tabernero huéspedes con ganas de juerga. Aconteció entonces que el marido de esta mujer pensó: «Voy a ir al bosque a por unos haces de leña, así saldré de casa y dejaré de oír este lamento constante». En estas se marchó, buscó la leña y estuvo ocupado todo el santo y largo día, y por la noche regresó a casa con un buen hatajo de leña que dejó en la sala. Y mira por dónde, salió de entre las ramas secas una culebrilla, pequeña y escurridiza; apenas la vio la mujer, sacó de su pecho un profundo suspiro y dijo:

—Las culebras tienen sus culebritas, las personas sus hijitos; yo, pobre mujer, estoy sola en el ancho mundo, sin hijos, como un árbol maldito que no da frutos.

Al oír estas palabras la pequeña culebra levantó su cabecita y miró a la mujer:

—Deseas un hijo y no tienes ninguno; tómame a mí en lugar de a tu hijo, te querré como a mi verdadera madre.

Al principio la mujer se asustó mucho al oír hablar a la culebra, pero pronto recobró el ánimo y respondió:

—¡Sea! Me contento con esto, y si te quedas a mi lado te cuidaré y te protegeré como si hubieras yacido bajo mi corazón.

El campesino tampoco tuvo nada en contra de que la culebrilla se quedara en casa y creciera allí; la mujer le asignó un rincón de la sala para dormir y todos los días le llevaba leche y buenos bocados, y poco tiempo después se habían acostumbrado ya unos a otros, los humanos a la culebra y la culebra a los humanos, y pensaban simplemente que siempre habían estado así. Pero la culebrilla creció y con el buen alimento fue desarrollándose más y más cada día y, cuando hubo crecido del todo, se convirtió en una serpiente poderosa y grande, a la que la sala le resultaba demasiado estrecha. Un día se incorporó y dijo:

—Padre, quiero casarme.

—No tengo inconveniente —dijo el campesino—, ¿cómo lo hacemos? Te buscaremos una serpiente hembra, que sea igual que tú, con la que puedas celebrar una boda.

—No quiero emparentar con serpientes ni dragones que se arrastran por entre espinos y matorrales, deseo a la hija del rey; ve, mi campesinito, no me hagas esperar mucho, ve a ver al rey y cógela, y si te pregunta por el novio, di tan solo que es para una serpiente.

El campesino se puso en marcha a todo correr sin pensárselo mucho, y, cuando llegó al castillo del rey, dijo:

—Señor rey, el mensajero no es culpable de las nuevas que trae; os saludo de parte del prometido de vuestra hija y vengo a recogerla.

—¿Y quién es el que quiere casarse con mi palomita?

—Una serpiente, señor rey.

Entonces el rey se dio buena cuenta de que decía tonterías, pensó en librarse rápidamente del campesino y repuso:

—Bien dicho, pero el trato aún no está cerrado: mi hija no tendrá a la serpiente hasta que esta haya convertido todas las manzanas y los frutos de mi jardín de recreo en oro.

El campesino se marchó y le contó esto a la serpiente, que dijo:

—¿Solo es eso? Campesinito, mañana temprano, en cuanto se haga de día, sal a la calle y recoge todos los pipos y huesos que allí encuentres; cógelos y siémbralos en el jardín de recreo, ya verás.

Y apenas hubo lanzado el sol su primer rayo, mi campesino salió a la calle con un cesto en la mano y recogió todos los pipos de melocotones, ciruelas, cerezas, duraznos, albaricoques y guindas que había entre la basura y los adoquines y los sembró en el jardín del rey; al instante, nada más girar la mano, los pipos germinaron y echaron ramas, hojas y frutos de un oro rojizo, tan luminoso y reluciente que el rey se quedó asombrado; aunque al pensar en lo que había prometido, se sobresaltó mucho. Pero la serpiente exclamó:

—Campesinito, ve y coge a la novia.

Así pues, el campesino fue a cobrar lo prometido, pero el rey no pensaba en dar ni entonces ni nunca a su hija a la serpiente y dijo:

—Si el novio serpiente sigue queriendo tener a mi hijita, primero tendrá que convertir los muros y el suelo de mi jardín en piedras preciosas, de lo contrario se irá con las manos vacías.

El campesino fue y le contó esto a la serpiente. La serpiente dijo:

—¿Solo es eso? Mañana temprano, cuando se haga de día, ve y recoge todos los pedazos de cacharros rotos que puedas juntar y échalos por todo el jardín y los muros del rey, así verás tu milagro.

Así pues, por la mañana temprano, nada más salir el sol, el campesino se colgó un saco del cuello y fue echando en él todos los pedazos que encontró de pucheros, fuentes, ollas, tiestos, vasijas y asas y, tal como le había ordenado, los llevó al jardín del rey; en no más de un abrir y cerrar de ojos, suelo y muros refulgían y, repletos de los más luminosos diamantes, rubíes, jaspes y esmeraldas, lanzaban destellos tales que uno quedaba ciego al mirarlos y, si el rey se asustó la primera vez, en esta ocasión se sintió aún mucho peor, y le pesaba como una piedra en el corazón lo que había de decir cuando llegara el mensajero de la serpiente y le pidiera a su hija. La serpiente exclamó:

—Campesinito, apresúrate a traerme a casa a mi novia.

Pero cuando el campesino se dispuso a cobrarla, el rey se lo había vuelto a pensar y respondió:

—Todavía no hemos llegado a ese punto; si quiere a mi hija, antes tendrá que transformar todo mi palacio en puro oro.

Tras esto el campesino se fue y le llevó la noticia a la serpiente, que dijo:

—¿Solo es eso? Estará hecho rápidamente; ve, haz un hatillo con todo tipo de hierbajos, caseros y silvestres, y pásalo por los fundamentos del palacio del rey, enseguida verás lo que sucede.

Allá fue mi campesino, cogió rudas, perifollos, hinojos, cardos y ortigas, hizo con ellos un hatillo y se dirigió con él hasta los muros del palacio, por cuya parte inferior pasó las hierbas; al punto, antes de que hubiera podido decir una sola palabra, el palacio empezó a brillar y a refulgir de puro oro.

—Campesinito, corre y tráeme a casa a mi novia.

Llegó entonces el campesino y el rey lo vio venir ya desde lejos; pero ya no tenía excusa ni respuesta, pensaba también en las preciosidades que la serpiente le había proporcionado y en que tal vez no sería tan mala cosa tener un yerno tan acaudalado, así que dijo:

—Haz que venga el novio, pues hoy mismo se celebrará la boda.

El campesino se marchó por su camino, pero el rey hizo venir a su hija, que se llamaba Grauhild y era preciosa:

—Queridísima hija, te he prometido en matrimonio a un pretendiente extranjero y no puedo romper mi promesa.

—Queridísimo señor y padre —dijo Grauhild—, en todo lo que me ordenáis os soy fiel y obediente. —Y, cuando aún tenía la palabra en la boca, llegó culebreando una serpiente tan enorme y tan gruesa que todos los cortesanos se echaron a temblar como las cañas al viento, y el rey y la reina sintieron un gran temor y todos huyeron presos de miedo. Grauhild, sin embargo, permaneció allí completamente sola, pensando: «Lo que haya de sucederme, me sucederá. Mi padre me ha escogido este pretendiente y nadie debe resistirse a su destino». La serpiente avanzaba y se aproximaba cada vez más, y cuando llegó junto a Grauhild, extendió la cola en torno a ella, de forma que la joven parecía estar sentada sobre un anillo, y se la llevó consigo a la cámara nupcial. Pero apenas habían entrado ambos en el dormitorio, la serpiente corrió el cerrojo y se despojó de la piel, y vaya por dónde, entonces se convirtió en el joven más hermoso que jamás se había visto en el mundo, y sus rizos resplandecían en su cabeza igual que los rayos del sol. Pero el viejo rey casi se había quedado petrificado del susto al ver marcharse así a su queridísima hija con la serpiente, y si alguien le hubiera tenido que hacer una sangría, no habría salido una sola gota de sangre de sus venas; así que cuando se corrió el cerrojo, aún se sintió mucho más aterrorizado.

—¿Oyes, mujer —dijo—, cómo se corre el cerrojo? Ahora el maldito dragón ya tiene a nuestra adorada hija en su poder y la aplastará, igual que se aplasta un huevo con la mano.

Con estos pensamientos se sentía en secreto impelido a acercarse para ver si aún podía hacer algo, y al llegar ante la puerta del cuarto encontró por suerte una rendija por la que se podía mirar un poco al interior. Al mirar vio en el suelo la piel que la serpiente había arrojado allí y al apuesto joven descansando junto a su hija en el lecho. Entonces no pudo contenerse más de pura alegría, forzó las puertas, agarró la piel de serpiente y la echó al fuego, donde ardió a toda velocidad. El joven, al ver esto, gritó desesperado:

—¿Qué es lo que me habéis hecho? —Al instante se convirtió en una paloma y salió volando de la cama dispuesto a huir de allí, solo que todas las ventanas estaban cerradas.

Entonces se apresuró a golpear con el piquito y la cabecita un cristal, y a picotear hasta que se rompió y pudo atravesarlo. Pero, desgraciadamente, la abertura era demasiado pequeña y estrecha y la huida demasiado rápida, de manera que la paloma pudo colarse por ella, pero se hizo unos lastimeros cortes en el cuerpo con las esquirlas del vidrio. Y así, la pobre novia se vio de repente sentada en el banco de las penas, contemplando cómo su dicha se diluía rápidamente. Los padres la consolaron de todas las formas posibles, pero nada le servía. Así que cuando llegó la noche y todo el palacio se adormeció, Grauhild se levantó, cogió todos los anillos y alhajas que tenía, y salió del castillo del rey por una puertecita secreta, firmemente decidida a no parar ni a descansar hasta haber vuelto a encontrar a su querido esposo.

La noche era fría y la luna brillaba en el cielo; un zorro se le acercó:

—¡Buenas noches te dé Dios, Magdalenita linda!

—Muchas gracias, maestro zorro.

—¿Me permitís ir con vos?

—Claro que sí, ¿por qué no? No conozco bien los caminos y veredas.

Así que continuaron el camino juntos y, pasado un rato, llegaron a un sombrío bosque en el que los árboles susurraban como lo hacen los niños cuando juegan entre sí. Pero los dos caminantes estaban fatigados y se sentaron a descansar en un arbusto; junto a una fuente de frías aguas, se hicieron unas almohadas de verdes hierbas, las colocaron bajo sus cabezas y durmieron toda la noche. Cuando asomó el día por la mañana temprano, se despertaron alegres y se prepararon para el viaje; las avecillas del bosque cantaban y trinaban en el cielo, en lo alto de los árboles, que era un auténtico primor, y Grauhild, apenas había dado un par de pasos, volvía a pararse otra vez para escuchar su dulce canto, pues encontraba en ello un gran placer. El zorro se dio buena cuenta y dijo con gesto inteligente:

—Mucho más te gustaría todo si entendieras las palabras que intercambian en su lengua.

—¡Caramba! Si entiendes el lenguaje de las aves, dime entonces qué es lo que están diciendo.

La joven era curiosa, como lo son las mujeres, pero el zorro era astuto, como lo son los zorros, y se hizo mucho de rogar sin contestarle.

—Dímelo, querido compadre —dijo Grauhild—, estamos viajando juntos muy a gusto, hoy también lo estaremos todo el día.

Y como cada vez hablaba más, el maestro zorro al fin se dejó convencer y dijo:

—Estas aves están hablando entre sí de una gran desgracia que le ha acontecido al hijo de un rey; este príncipe nació orgulloso, como un árbol delgado; una bruja se enamoró de él, pero él no quería ni oír hablar de la bruja; entonces para vengarse lo maldijo y lo convirtió en serpiente durante siete años, y cuando los siete años hubieron pasado, se enamoró de una princesa y se casó con ella, y en la cámara nupcial se despojó de la piel de serpiente y se convirtió en un hermoso joven; pero el rey, el padre de la novia, vio la piel en el suelo y la quemó en el fuego, entonces el joven ya no tenía donde refugiarse y tuvo que marcharse y al tratar de escapar en forma de paloma, rompió el cristal y se cortó con el vidrio de tal manera que ni un solo médico da en este momento algo por su vida.

Ahora cualquiera puede imaginarse cuán consternada y alegre se sintió Grauhild al oír narrar sus propias penas, consternada por las penas de su esposo y alegre, sin embargo, por tener noticias de él, pero hizo como si la cosa no fuera con ella y preguntó:

—¿Qué príncipe es ese y dónde vive? Sería terrible que no hubiera remedio ninguno para él.

—Remedios sí que hay, solo que los médicos no los conocen —respondió el zorro—. Los pájaros han dicho también: «El padre del príncipe vive en este Valle Profundo. Nada en el mundo puede curar las heridas de su cabeza a no ser que cojan nuestra sangre, la de los que esto cantamos, y unten al príncipe con el ungüento hecho con ella». —Al instante Grauhild se echó a los pies del zorro:

—Querido compadre y maestro zorro, eso sería algo hermoso, ¿no vamos a merecernos la recompensa de curar al hijo del rey? Atrápame a esos pajarillos para que les saquemos la sangre y por este servicio te irá bien el resto de tu vida.

—Tranquila, tranquila —dijo el zorro—, espera hasta esta noche, entonces esos pequeños pajarillos de vivos colores regresan al gran árbol para dormir y se aposentan en todas las ramas; entonces treparé y los atraparé uno tras otro.

Hasta ese momento pasaron todo el día entre conversaciones acerca de lo apuesto del novio, de los temores del anciano rey y de la desgracia que luego había provocado con su impertinencia, y con estas conversaciones el día fue poniéndose y la noche cubrió la tierra con su manto. No pasó mucho rato hasta que los pajarillos regresaron a casa uno tras otro y se fueron dispersando de árbol en árbol, de rama en rama; allí se posaron y cerraron los párpados. Entonces el maestro zorro se deslizó hacia ellos en silencio silencioso, con cuidado cuidadoso, y se encaramó al árbol, donde fue agarrando por turno a los pequeños pajarillos en gran número, verderoncillos y pinzones en la primera rama, en la segunda currucas y jilgueros, en la tercera gorriones y pardillos, en la cuarta rama oropéndolas y ruiseñores, en la quinta alondras y golondrinitas, y arriba del todo reyezuelos y papamoscas, posados en la copa del árbol, y cuando cogía a uno, le retorcía el pescuezo sin piedad y lo tiraba al suelo. Pero Grauhild iba recogiendo cada uno de los pajaritos y colocándolos sobre una botella para que la sangre goteara en su interior y no se perdiera nada y, cuando hubieron terminado, Grauhild daba saltos de alegría porque el trabajo les había salido tan bien.

—No te alegres antes de tiempo, hija mía, crees haber hecho todo, pero aún no has hecho nada, pues para que la sangre de los pájaros te sirviera de algo habría que mezclar con ella también mi buena sangre zorruna, la sangre de los pájaros yo mismo sé bien cómo usarla.

Apenas hubo pronunciado estas palabras, se rio y puso pies en polvorosa. Grauhild se estremeció hasta lo más profundo de su ser, pero actuó, como todas las mujeres, lisonjera y aduladora:

—¡Márchate, zorro alocado! —exclamó a sus espaldas—, ¡tienes motivos para salir corriendo de aquí! Como si yo no te debiera nada y como si no hubiera más zorros en el mundo, cuya sangre me prestara el mismo servicio. A través del sombrío bosque yo sola, pobre niña, no encontraré jamás el camino al reino de Valle Profundo, donde se encuentra el príncipe enfermo, a no ser que tú me ayudes y me muestres los caminos y veredas.

El zorro pensó para sus adentros: «Seguro que puedo confiar en ella», convencido de que nadie era más astuto que él, aunque, sin embargo, estaba siendo engañado por una mujer; así pues, volvió a calmarse y esperó; después ambos se pusieron en marcha juntos por el sendero que atravesaba el oscuro bosque, solo que no habían dado ni cincuenta pasos completos cuando Grauhild agarró el bastón que llevaba en la mano y dio al animal tal golpe en la cabeza que estiró las cuatro patas y el zorro se quedó allí, muerto y bien muerto. Entonces se puso manos a la obra, le sacó limpiamente la sangre y la mezcló con la sangre de los pajarillos y, una vez que hubo juntado ambas, no dejó de andar ni se entretuvo en ninguna parte, sino que caminó hasta llegar a Valle Profundo. Una vez en la ciudad, se dirigió rápidamente a palacio y mandó que la anunciaran como un médico extranjero. Y el padre del príncipe, aunque le asombraba mucho que una joven fuera capaz de lograr aquello de lo que los grandes maestros de la medicina desesperaban, pensó, sin embargo: «Si no sirve de nada, no lo perjudica, el juego ya está perdido». Así pues, se lo permitió, pero Grauhild dijo:

—¿Qué sucederá si lo curo?

El rey dijo:

—Todo lo que tú desees.

Él bien sabía que aquello no podía suceder. Entonces ella lo exigió como marido y el rey dijo:

—Sí.

En cuanto tuvo la palabra del rey entró en el cuarto del enfermo y lo untó con el ungüento de sangre, y apenas hubo acontecido, el enfermo se levantó de un salto, más sano que una bellota, como si jamás le hubiera ocurrido nada. Pero no reconoció a Grauhild, su amada novia, porque esta había disfrazado su rostro; entonces fue a requerirlo como esposo y el anciano rey dijo que era lo justo y prometido. Pero el joven dijo:

—No es posible, mi palabra de honor ya está dada a la mujer más hermosa del mundo.

Como Grauhild viera entonces que le era fiel, fue a lavarse la cara y él la reconoció al instante; hubo entonces grandísima alegría y volvió a celebrarse la boda, y ambos reinaron juntos en dicha y paz, sin que nada los alterara, hasta el final de sus días.

Publicado en el *Taschenbuch für Freunde altdeutscher Zeit und Kunst auf das Jahr 1816* (Diario del año 1816 para los amigos de los tiempos y el arte de la antigua Alemania), Colonia, págs. 321-351.

Sigue a continuación un breve cuento: una centella se soltó y se quedó fija en una casa. Debido a ello se produjo un enorme fuego que golpeó la ciudad y la quemó por completo, y el fuego se hizo tan grande que parecía que todo el país iba a arder, extendiéndose por todo el campo, pero al llegar a un desfiladero le salió a su encuentro un pequeño arroyo: el fuego se adentró en él al instante, se encogió y no volvió a aparecer más. Entonces cayó un rocío del cielo que se tragó el incendio, y de esa forma hubo de diluirse en ceniza.

Publicado en el tercer volumen de las *Altdeutsche Wälder* (Antiguas silvas alemanas), editadas por los hermanos Grimm, 1816, pág. 284.

HERMANITO Y HERMANITA

El hermanito cogió a su hermanita de la mano y dijo:

—Desde que madre murió no hemos tenido una sola hora de dicha; la madrastra nos pega todos los días y siempre que vamos a verla nos echa a patadas. Los cuscurros de pan que sobran son nuestra comida y hasta al perrillo de debajo de la mesa le va mejor: a él le echa de vez en cuando un buen bocado. ¡Que Dios se apiade de nosotros! ¡Si nuestra madre lo supiera! Ven, vamos a marcharnos juntos al ancho mundo.

Anduvieron todo el día por praderas, campos y pedregales y, cuando llovía, la hermanita decía:

—¡Dios y nuestros corazones lloran juntos!

Por la noche llegaron a un gran bosque y estaban tan cansados de la pena, el hambre y la larga caminata, que se sentaron en un tronco hueco y se durmieron.

A la mañana siguiente, cuando despertaron, el sol ya estaba en lo alto del cielo y brillaba abrasador en el interior del árbol. Entonces dijo el hermanito:

—Hermanita, tengo sed, si supiera dónde hay una fuentecilla iría y bebería, me parece que oigo manar una.

El hermanito se puso en pie, cogió a la hermanita de la mano y se fueron a buscar la fuentecilla. Pero la malvada madrastra era una bruja y había visto perfectamente que los niños se habían marchado y los había seguido en secreto, tal como hacen las brujas, y había encantado todas las fuentes. Cuando por fin encontraron una fuente que manaba refulgente sobre las piedras, el hermanito se dispuso a beber de ella, pero la hermanita escuchó cómo decía entre murmullos:

—¡El que beba de mí se convertirá en tigre! ¡El que beba de mí se convertirá en tigre!

Entonces exclamó la hermanita:

—Ay, hermanito, te lo ruego, no bebas, de lo contrario te convertirás en un animal salvaje y me devorarás.

El hermanito no bebió y, aunque tenía una sed enorme, dijo:

—Esperaré hasta la próxima fuente.

Al llegar a la segunda fuente, la hermanita oyó que también esta decía:

—¡El que beba de mí se convertirá en lobo! ¡El que beba de mí se convertirá en lobo!

Entonces la hermanita exclamó:

—Ay, hermanito, te lo ruego, no bebas, de lo contrario te convertirás en un lobo y me devorarás.

El hermanito no bebió y dijo:

—Esperaré hasta la próxima fuente, pero entonces beberé, suceda lo que suceda, tengo demasiada sed.

Y cuando llegaron a la tercera fuentecilla, la hermanita oyó como decían entre susurros:

—¡El que beba de mí se convertirá en un ciervo! ¡El que beba de mí se convertirá en un ciervo!

La hermanita intentó rogarle a su hermanito que no bebiera, pero el hermanito ya se había arrodillado junto a la fuente y bebido del agua, y en cuanto las primeras gotas llegaron a sus labios, quedó allí tendido transformado en un cervatillo.

Entonces la hermanita empezó a llorar por el pobre hermano encantado y el cervatillo también lloraba muy triste a su lado. Finalmente dijo la niña:

—Tranquilízate, querido cervatillo, nunca te abandonaré.

Entonces se quitó la liga dorada y se la ató al cervatillo al cuello, arrancó unos juncos y trenzó con ellos una cuerda blanda. Ató a ella al animalito y lo guio, adentrándose cada vez más en el bosque. Y cuando habían andado ya mucho, llegaron a una casita y la niña miró al interior y, como estaba vacía, pensó que podían quedarse a vivir allí. Entonces buscó hojas y musgo para hacerle al cervatillo un lecho blando y todas las mañanas salía a recoger raíces, bayas y nueces y al cervatillo le llevaba hierba fresca, que este comía de su mano, y él se sentía muy satisfecho y jugaba a su alrededor. Por la noche, cuando la hermanita estaba cansada y había rezado sus oraciones, apoyaba la cabeza sobre el lomo del cervatillo, que era su almohada, y se dormía plácidamente. Y si el hermanito hubiera tenido su forma humana, habría sido una vida deliciosa.

Esto duró el tiempo que estuvieron solos en la espesura; pero un día aconteció que el rey del país organizó una gran cacería en el bosque. Entonces resonaron los cuernos de caza, los ladridos de los perros y la feliz algarabía y el cervatillo lo oyó y le hubiera gustado estar allí.

—Ay —le dijo a la hermanita—, déjame que vaya a la cacería, no puedo aguantarlo más. —Y no paró de rogárselo hasta que consintió en ello.

—Pero —le dijo— regresa a casa por la noche, cerraré la puerta a los cazadores salvajes, así que, para que te reconozca, llama a la puerta y di: «¡Hermanita mía, déjame entrar!», y si no dices eso, no abriré mi puertecita.

Entonces el cervatillo salió brincando y se sentía muy bien y muy contento al aire libre. El rey y sus cazadores vieron al hermoso animalito y se pusieron a perseguirlo, pero no pudieron alcanzarlo, y en un momento en que pensaron que ya lo tenían, saltó por encima de los matorrales y desapareció. Al hacerse de noche, corrió hacia la casita, llamó y dijo:

—¡Hermanita mía, déjame entrar!

Entonces la pequeña puerta se abrió para él, entró de un salto y descansó durante toda la noche en su blando lecho. A la mañana siguiente se reinició la cacería y al volver a oír el cuerno de llamada y el «¡oh!, ¡oh!» de los cazadores, sintió un gran desasosiego y dijo:

—Hermanita, ábreme, tengo que salir.

La hermanita le abrió la puerta y dijo:

—Pero por la noche has de regresar y decir tu contraseña.

Cuando el rey y sus cazadores volvieron a ver al cervatillo del collar dorado, todos se pusieron a perseguirlo, pero era demasiado rápido y ágil. Así estuvieron todo el día; pero finalmente, por la noche, los cazadores lo habían rodeado y uno de ellos lo hirió levemente en una pata, de forma que cojeaba y andaba despacio. Entonces este lo siguió hasta la casita, escuchó como llamaba «¡Hermanita mía, déjame entrar!», y vio que al instante le abrían la puerta que, de inmediato, volvía a cerrarse otra vez. El cazador retuvo bien todo esto en su memoria, fue a ver al rey y le contó lo que había visto y oído. Entonces dijo el rey:

—Mañana continuaremos la cacería.

Pero la hermanita se asustó mucho cuando el cervatillo entró herido; le lavó la herida, le puso unas hierbas y dijo:

—Vete a tu lecho, querido cervatillo, hasta que sanes.

Pero la herida era tan leve que el cervatillo ya no la sentía a la mañana siguiente y cuando volvió a escuchar el jolgorio de la cacería, dijo:

—No puedo soportarlo, tengo que ir, no volverán a cogerme tan pronto.

La hermanita lloró y dijo:

—Esta vez te matarán, no te dejaré salir.

—Entonces, si me retienes, me moriré aquí de tristeza —respondió—. ¡Cuando oigo el cuerno de llamada es como si tuviera que salir corriendo!

Así pues, la hermanita no pudo hacer otra cosa y, con el corazón entristecido, le abrió la puerta y el cervatillo se adentró en el bosque brincando, completamente sano y dichoso. Cuando el rey lo divisó, dijo a sus cazadores:

—Id y acosadlo durante todo el día, hasta entrada la noche, pero que nadie le haga daño.

La cacería duró hasta la noche, entonces el rey dijo al cazador:

—Ven y enséñame la casita del bosque.

Y cuando estuvo ante la puertecita, llamó y exclamó:

—¡Hermanita querida, déjame entrar!

Entonces la puerta se abrió y el rey entró y vio ante sí a una joven tan hermosa que se quedó absolutamente perplejo. Pero la muchacha estaba asustada de que no hubiera entrado su cervatillo, sino un rey con corona de oro. Pero el rey la miró amablemente, le tendió la mano y dijo:

—¿Quieres venir conmigo a mi palacio y ser mi amada esposa?

—Ay, sí —respondió la niña—, pero el cervatillo tiene que venir también conmigo, no lo abandonaré.

El rey dijo:

—Se quedará contigo mientras vivas y no le faltará de nada.

Entretanto llegó el cervatillo y la hermanita volvió a atarlo a la cuerda de junco, ella misma la cogió de la mano y salió con él de la casita del bosque.

El rey condujo a la hermosa muchacha a su palacio, donde se celebró la boda con gran pompa y se convirtió así en la reina y señora, y juntos vivieron felices durante mucho tiempo; el cervatillo estaba mimado y cuidado y brincaba por el jardín de palacio. Pero la malvada madrastra, por culpa de la cual los niños se habían marchado de casa, pensaba que a la hermanita la habrían devorado en el bosque los animales salvajes y que al hermanito, convertido en cervatillo, los cazadores le habrían dado muerte. Cuando entonces oyó decir que eran tan dichosos y que les iba tan bien, se avivaron en su corazón la envidia y el odio, que la pellizcaban y la pinchaban, y no pensaba en otra cosa más que en cómo hacer que los dos fueran desgraciados. Su verdadera hija, que era fea como la noche y estaba tuerta, le hacía reproches y decía:

—¡Ser reina, esa dicha debía haberme correspondido a mí!

—Estate tranquila —dijo la anciana, y para contentarla añadió—: Cuando llegue el momento estaré preparada.

Cuando hubo pasado el tiempo y la reina dio a luz a un hermoso niño, la vieja bruja tomó la apariencia de una doncella, entró en el aposento en el que estaba la reina y dijo a la enferma:

—Venid, el baño está preparado, esto os hará bien y os fortalecerá, rápido, antes de que se enfríe.

Su hija estaba allí también y ambas llevaron a la débil reina al baño, la metieron en la bañera, salieron de allí a toda prisa y cerraron la puerta. Pero en la sala de baño habían encendido un enorme fuego, de manera que la joven y hermosa reina pronto se asfixió.

Una vez sucedido esto, la vieja cogió a su hija, le puso una cofia y la metió en la cama en lugar de la reina. Le dio también la figura y la apariencia de la reina, lo único que no pudo volver a darle fue el ojo que le faltaba; pero para que el rey no notara nada, se echó del lado en el que no tenía ojo. Por la noche, cuando el rey regresó a casa y le dijeron que había tenido un hijo, se alegró de corazón y quiso ir junto al lecho de su amada esposa para ver lo que hacía. Entonces la vieja exclamó rápidamente:

—Tened cuidado, dejad las cortinas corridas, la reina no puede ver aún la luz y debe descansar.

Y el rey se marchó sin saber que en el lecho había una falsa reina.

Cuando llegó la medianoche y todo el mundo estaba durmiendo, la niñera, que estaba en el cuarto del pequeño junto a la cuna, vigilándolo sola, vio como la puerta se abría y entraba la auténtica reina; esta sacó al niño de la cuna, lo puso en sus brazos y le dio de mamar. Luego le sacudió la almohadita y volvió a dejarlo allí tras taparlo con la mantita. Tampoco se olvidó del cervatillo, fue al rincón donde estaba tendido y le acarició el lomo. Después volvió a dirigirse hacia la puerta y salió en completo silencio, y a la mañana siguiente la niñera preguntó a los guardias si por la noche habían visto a alguien entrar en el castillo, pero ellos respondieron:

—No, no hemos visto a nadie.

De igual forma regresó durante muchas noches, sin decir una sola palabra; la niñera siempre la veía, pero no se atrevía a decir a nadie una sola palabra al respecto.

Cuando hubo pasado un tiempo, la reina empezó a hablar una noche y dijo:

—¿Qué está haciendo mi niño? ¿Qué está haciendo mi cervatillo? Volveré otras dos veces y luego ya nunca más.

La niñera no le respondió, pero cuando se hubo marchado, fue a ver al rey y le contó todo. El rey dijo:

—¡Ay, Dios mío! ¿Qué significa esto? Yo velaré esta noche junto al niño.

La reina volvió a aparecer a medianoche y dijo:

—¿Qué está haciendo mi niño? ¿Qué está haciendo mi cervatillo? Volveré una sola vez y luego ya nunca más. —Y dio de mamar al niño como de costumbre antes de desaparecer.

Pero el rey no se atrevió a hablarle; a la noche siguiente estaba de nuevo en vela y ella volvió a decir:

—¿Qué está haciendo mi niño? ¿Qué está haciendo mi cervatillo? He venido esta vez y ya nunca más.

Entonces el rey no pudo contenerse, se plantó ante ella de un salto y dijo:

—¿Quién eres? ¿No eres tú mi amada esposa?

Ella respondió:

—¡Sí, yo soy tu amada esposa! —Y en ese mismo instante, gracias a la misericordia de Dios, recobró la vida, vigorosa, lozana y sana.

Tras esto le contó al rey el daño que la malvada bruja y su hija le habían hecho. El rey mandó conducir a ambas ante el tribunal y fueron juzgadas: la hija fue llevada al bosque, donde los animales salvajes la devoraron nada más verla; la bruja fue condenada a la hoguera, donde ardió miserablemente. Y cuando las llamas la hubieron devorado, el cervatillo se transformó y recobró su figura humana, y hermanita y hermanito vivieron felices juntos hasta el fin de sus días.

Publicado el viernes 12 de diciembre de 1817 en *Der Gesellschafter oder Blätter für Geist und Herz* (El compañero o Pliegos para la mente y el corazón), págs. 805-807.

CUENTO DE UNO QUE SE MARCHÓ
A APRENDER LO QUE ERA EL MIEDO

Un padre tenía dos hijos, el mayor de ellos era listo y espabilado y sabía apañárselas bien en todo momento, pero el pequeño era tonto, incapaz de entender ni de aprender nada y cuando la gente lo veía, decía:

—¡Con este el padre va a tener su cruz!

Cuando había algo que hacer siempre tenía que encargarse de ello el mayor; pero si el padre, ya tarde, o incluso de noche, le mandaba a por algo y el camino pasaba por el cementerio o por algún otro lugar tenebroso, respondía enseguida:

—¡Ay, padre, qué miedo! —Porque esas cosas lo aterraban.

O cuando por la noche, alrededor de la lumbre, se contaban historias con las que se le ponen a uno los pelos de punta, y los que las escuchaban decían de vez en cuando: «¡Ay, qué miedo!», el pequeño permanecía sentado en un rincón, escuchándolo todo, sin comprender lo que significaba. «Siempre dicen "¡qué miedo!, ¡qué miedo!". A mí no me da miedo, seguro que se trata de algún arte del que tampoco entiendo nada».

Aconteció entonces que el padre le dijo en una ocasión:

—Oye, tú, el del rincón. Te estás haciendo grande y fuerte y debes aprender también algo con lo que ganarte tu pan. Mira cómo tu hermano se esfuerza, pero tú eres un caso perdido.

—Caramba, padre —respondió—, a mí me gustaría aprender algo; sí, y si fuera posible, me gustaría aprender algo que me diera miedo, porque de eso no entiendo nada.

El mayor sonrió al oír esto y pensó para sus adentros: «Ay, Dios mío, pero qué tontorrón que es mi hermano, no llegará a ser nada en toda su vida; para que el árbol no se tuerza al crecer, hay que enderezarlo de pequeño». El padre suspiró y le respondió:

—Tendrás que aprender lo que es el miedo, pero con eso no te vas a ganar el pan.

Poco después el sacristán fue de visita a la casa; entonces el padre se lamentó de su desgracia y le contó lo poco dotado que su hijo pequeño estaba para todo, que no sabía ni aprendía nada.

—¡Imaginaos que cuando le he preguntado cómo pretendía ganarse su pan, me ha pedido aprender lo que es el miedo!

—Caramba —respondió el sacristán—, eso puede aprenderlo a mi lado, mandádmelo, que ya le daré yo para el pelo.

El padre se sintió satisfecho y el sacristán se llevó al joven a su casa y le ordenó tañer las campanas. Al cabo de algunos días lo despertó a medianoche, le ordenó levantarse, subir a la torre de la iglesia y tocar las campanas. «Ahora vas a aprender lo que es el miedo», pensó, y, para darle además un buen susto, él se adelantó en secreto y se escondió en uno de los huecos situados frente a la campana. El joven subió tranquilamente a la torre; cuando llegó arriba del todo, vio una figura en el hueco.

—¿Quién eres? —preguntó, pero la figura ni se movió ni se agitó.

Entonces dijo:

—¿Qué andas buscando aquí por la noche? Lárgate o te tiro al suelo.

El sacristán pensó que no sería para tanto, guardó silencio y siguió allí quieto; entonces el joven le gritó lo mismo por tercera vez, y como seguía sin obtener respuesta, cogió carrerilla y le dio tal empujón al sacristán que se partió la pierna y el cuello. Luego tañó las campanas y, una vez hecho esto, volvió a bajar, se metió en la cama sin decir una sola palabra y se durmió. La mujer del sacristán estuvo esperando a su marido durante un buen rato, pero, como este no regresaba, acabó por entrarle miedo, de modo que despertó al joven y le preguntó:

—¿No sabrás acaso dónde está mi marido? Ha subido a la torre contigo.

—No —respondió el muchacho—, pero había alguien en un hueco y como no quería marcharse ni contestarme, lo mandé escaleras abajo de un empujón; id allí y podréis comprobar si es él.

La mujer, presa de miedo, salió corriendo hacia el cementerio y halló a su marido muerto en el suelo.

Entonces, dando gritos, echó a correr a casa del padre del joven, lo despertó y le dijo:

—¡Ay, qué desgracia ha causado vuestro tunante! ¡Ha empujado a mi marido por el hueco de la campana y ahora yace muerto en el cementerio!

El padre se estremeció, se fue para allá a toda prisa y reprendió al joven:

—¿Qué bromas impías son estas? ¡Debe de habértelas metido en la cabeza el maligno!

—Caramba, padre —respondió—, yo soy del todo inocente, él estaba allí, de noche, igual que alguien que tiene intención de hacer algo malo; yo no sabía quién era, y le dije tres veces que por qué no se marchaba.

—Ay —dijo el padre—, contigo solo tengo desgracias, quítate de mi vista, no quiero verte más.

—Sí, padre, con mucho gusto, en cuanto se haga de día me marcharé y aprenderé lo que es el miedo, así aprenderé también un arte que me pueda alimentar.

—Aprende lo que quieras —dijo el padre—, aquí tienes cincuenta táleros; con esto apártate de mi vista y no le digas a nadie de dónde eres ni quién es tu padre, pues tendría que avergonzarme de ti.

—Sí, padre, como queráis, eso no me costará tenerlo en cuenta.

Cuando se hizo de día el joven se metió los cincuenta táleros en el bolsillo y salió en dirección a la carretera principal sin dejar de repetir para sus adentros:

—¡Si yo tuviera un poco de miedo! ¡Si yo tuviera un poco de miedo!

A su lado iba un hombre que oyó lo que decía y, cuando hubieron avanzado un trecho y se podía ver la horca, dijo al joven:

—Mira, allí está el árbol en el que siete han celebrado sus bodas con la hija del cordelero; siéntate a su sombra y espera hasta que se haga de noche, entonces aprenderás lo que es el miedo.

—Si no hay que hacer más que eso —respondió el joven—, lo haré de buena gana, y si aprendo tan rápido lo que es el miedo te daré mis cincuenta táleros; vuelve a verme mañana temprano.

Entonces el joven se dirigió hacia la horca, se sentó debajo y esperó hasta que se hizo de noche. Y como tenía frío, se encendió un fuego, pero a medianoche el viento era tan frío que ni siquiera con el fuego conseguía calentarse. Y como el viento hacía que los ahorcados chocaran entre sí al moverse de un lado para otro, pensó: «Si tú te estás helando aquí abajo, los de arriba estarán congelándose con tanto meneo». Y, como era compasivo, colocó una escalera que estaba en el suelo, se subió a ella, fue desatándolos uno tras otro y bajó a los siete. Tras esto removió el fuego y lo avivó, y los sentó alrededor para que se calentaran. Pero como estaban allí sentados sin moverse, el fuego les prendió la ropa. Entonces dijo:

—Andaos con cuidado, de lo contrario os vuelvo a colgar.

Pero los muertos no escuchaban, guardaban silencio y dejaban que sus harapos siguieran ardiendo. Entonces se enfadó y dijo:

—Si no queréis prestar atención, no puedo ayudaros, no quiero quemarme con vosotros. —Y volvió a colgarlos uno a uno.

Luego volvió a sentarse junto a su fuego y se durmió, y a la mañana siguiente el hombre fue a verlo para cobrar los cincuenta táleros, y dijo:

—Y bien, ¿ya sabes lo que es el miedo?

—No —respondió—, ¿cómo habría de saberlo? Los de aquí arriba no han abierto el pico y han sido tan tontos que se han dejado quemar los cuatro harapos que llevan puestos.

Entonces el hombre vio que ese día no cobraría los cincuenta táleros y se marchó diciendo: «Nunca me había encontrado con un tipo como este».

El joven siguió también su camino y empezó otra vez a hablar para sus adentros:

—¡Ay, si yo tuviera un poco de miedo! ¡Ay, si yo tuviera un poco de miedo!

Esto lo oyó un carretero que iba tras él y le preguntó:

—¿Quién eres?

—No lo sé —respondió el joven.

El carretero siguió preguntando:

—¿De dónde eres?

—No lo sé.

—¿Quién es tu padre?

—No puedo decirlo.

—¿Qué es lo que mascullas para tus adentros?

—Ay —respondió el joven—, yo quisiera tener miedo, pero nadie es capaz de enseñarme cómo.

—Deja de decir bobadas —dijo el carretero—, ven conmigo, a ver si puedo hospedarte esta noche.

Así pues, el joven se fue con el carretero; por la noche llegaron a una posada en la que tenían intención de pernoctar y, al entrar en su cuarto, volvió a decir bien alto:

—¡Si tuviera un poco de miedo! ¡Si tuviera un poco de miedo!

Al oír esto, el posadero se rio y dijo:

—Si eso te apetece, aquí seguro que tendrás ocasión de ello.

—¡Calla, calla! —dijo la posadera—. Algún que otro gracioso ya ha pagado con su vida por ello, sería una pena, una verdadera lástima que esos hermosos ojos no volvieran a ver la luz del día.

Pero el joven dijo:

—Si no es difícil, me gustaría aprenderlo, para eso me he marchado de casa.

No dejó en paz al posadero hasta que este le contó que no lejos de allí había un castillo encantado, en el que podría aprender muy bien lo que era el miedo si lograba pasar tres noches en él. El rey había prometido a su hija por esposa a quien se atreviera a ello, y era esta la doncella más hermosa que iluminaba el sol; vigilados por espíritus había en el castillo grandes tesoros, que quedarían liberados. Muchos ya lo habían intentado, pero ninguno había logrado salir. A la mañana siguiente el joven se presentó ante el rey y dijo:

—Si se me permite, me gustaría pasar tres noches en vela en el castillo encantado.

El rey lo contempló un rato y, como le gustó, dijo:

—Puedes pedir aún tres cosas, pero cosas inanimadas que puedes llevar contigo al castillo.

El joven respondió:

—Entonces te pido un fuego, un torno y un banco de tallar con su formón.

El rey hizo que le llevaran de día todas esas cosas al castillo; cuando iba a hacerse de noche, el joven subió, encendió un luminoso fuego en una de las salas, colocó al lado el banco con el formón, y se sentó al torno.

—Ay, si tuviera un poco de miedo —dijo—, pero aquí tampoco aprenderé lo que es.

Hacia medianoche se dispuso a avivar el fuego y, al darle al fuelle, oyó de repente gritar desde un rincón:

—¡Ay, miau, qué frío tenemos!

—Locos —exclamó—, ¿por qué gritáis si tenéis frío? Venid, sentaos al fuego y calentaos.

Y nada más decir esto, dos grandes gatos se le acercaron de un gigantesco salto y se sentaron a ambos lados de él, contemplándolo muy fieros con sus fogosos ojos. Pasado un ratito, cuando se hubieron calentado, dijeron:

—Camarada, ¿jugamos una partida de cartas?

—Sí —respondió—, pero enseñadme las pezuñas. —Y le enseñaron las zarpas.

—¡Caramba —dijo—, qué uñas más largas tenéis! Esperad, primero tengo que cortároslas.

Diciendo esto los cogió por el cuello, los subió al banco y les atornilló las pezuñas.

—Viendo vuestros dedos —dijo— se me han pasado las ganas de jugar a las cartas. —Y les dio un golpe mortal y los tiró al agua.

Pero cuando ya había mandado a los dos a descansar y se disponía a sentarse nuevamente junto a su fuego, salieron de todas las esquinas y rincones gatos negros y perros negros atados a cadenas candentes, cada vez más y más, hasta el punto de que ya no podía ocultarse. Gritaban de manera espeluznante, le pisoteaban el fuego, se lo removían y trataban de apagarlo. Contempló esto con toda tranquilidad durante un ratito, pero cuando se le hizo demasiado pesado, echó mano a su formón:

—¡Eh, chusma! ¡Fuera de aquí! —Y les dio un golpe con él.

Una buena parte se alejó de un brinco, a los otros los mató y los tiró al estanque. Cuando regresó, avivó las chispas del fuego y se calentó. Pasado un rato se sintió cansado y con ganas de dormir. Entonces miró a su alrededor y vio en el rincón una gran cama, se fue hacia ella y se tumbó. Pero cuando se disponía a cerrar los ojos, la cama empezó a moverse sola y a correr por todo el castillo.

—Muy bien —dijo—, que siga la cosa.

Entonces la cama empezó a agitarse como si estuviera tirada por seis caballos, atravesando dinteles y subiendo y bajando escaleras, y ¡alehop!, todo se dio la vuelta, lo de abajo para arriba, y él estaba en medio de todo. Entonces lanzó hacia arriba mantas y almohadas, se bajó y dijo:

—Que viaje el que tenga ganas. —Se tumbó junto al fuego y durmió hasta que fue de día.

Por la mañana llegó el rey y al verlo tumbado en el suelo, pensó que los fantasmas lo habían asesinado y que estaba muerto. Entonces dijo:

—¡Qué pena, un muchacho tan apuesto!

El joven lo oyó, se incorporó y dijo:

—¡Todavía no hemos llegado a ese punto!

El rey se quedó perplejo, pero se alegró y preguntó cómo le había ido.

—Muy bien —respondió—, una noche ya ha pasado, las otras dos pasarán también.

Cuando llegó a la posada, el posadero no salía de su asombro y dijo:

—No pensaba volver a verte con vida, ¿has aprendido ya lo que es el miedo?

—No —dijo—, no lo sé, ¡si alguien pudiera decírmelo!

La segunda noche volvió a subir al viejo castillo, se sentó junto al fuego y dijo:

—Si tuviera un poco de miedo.

Al acercarse la medianoche empezó a oírse un ruido y un traqueteo, primero suave, luego cada vez más fuerte; después se hizo un poco el silencio y, al final, en medio de un gran jaleo, la mitad de un hombre bajó por la chimenea y cayó a sus pies.

—¡Vaya! —exclamó—. Falta la otra mitad, esto es muy poco.

Entonces el ruido volvió a empezar de nuevo, golpes y llantos, y la otra mitad cayó también de lo alto:

—Esperad —dijo—, voy a avivar un poco el fuego. —Y nada más hacerlo miró a su alrededor y las dos mitades ya estaban juntas, y un hombre horrible estaba sentado en su sitio.

—Eso no es lo que yo pretendía —dijo el joven—, ese banco es mío.

El hombre trató de apartarlo de allí, pero el chico no se lo permitió, lo empujó con fuerza y volvió a sentarse en su sitio. Entonces empezaron a caer más hombres; llevaban nueve piernas de cadáveres y dos cabezas de muertos, se levantaron y empezaron a jugar a los bolos. Al joven le entraron también ganas de jugar y preguntó:

—Oíd, ¿puedo jugar yo también?

—Sí, si tienes dinero.

—Dinero suficiente —respondió—, pero vuestros bolos no están bien redondos.

Así que los cogió, los colocó en el torno y los redondeó.

—Ahora resbalarán mejor, ¡venga!, ¡ahora sí que será divertido!

Empezó a jugar con ellos y perdió algo de su dinero, pero cuando dieron las doce todo desapareció de su vista, así que se tumbó y durmió plácidamente. A la mañana siguiente llegó el rey para informarse:

—¿Qué tal te ha ido esta vez? —preguntó.

—He estado jugando a los bolos —respondió— y he perdido unos cuantos centavos.

—¿Y no has tenido miedo?

—¿Cómo? —dijo—. Me lo he pasado muy bien, ¡si supiera lo que es el miedo…!

La tercera noche volvió a sentarse en su banco y dijo de muy mal humor:

—¡Si tuviera un poco de miedo…!

Cuando se hizo tarde entraron seis grandes hombres portando un ataúd. Entonces dijo:

—¡Ay, ay! Seguro que este es mi primito, que ha muerto hace unos días. —Hizo una seña con el dedo y gritó:

—¡Ven, primito, ven!

Depositaron el ataúd en el suelo, él se aproximó y levantó la tapa: dentro había un hombre muerto. Le tocó la cara, pero estaba frío como el hielo.

—Espera —dijo—, voy a calentarte un poco. —Se dirigió al fuego, se calentó la mano y se la puso en el rostro, pero el muerto seguía estando frío. Entonces lo sacó, se sentó junto al fuego, lo recostó en su regazo y le frotó los brazos para calentarlo. Como eso tampoco servía para nada, pensó: «Dos personas que están en la misma cama, se calientan», así que lo llevó a la cama, lo tapó y se tumbó a su lado. Pasado un rato, el difunto entró en calor y comenzó a moverse. Entonces dijo el joven:

—¿Lo ves, primito? Si no te hubiera calentado…

Pero el muerto comenzó a gritar:

—Te voy a estrangular.

—¿Cómo? —dijo—. ¿Así me lo agradeces? Pues vas a volver al ataúd. —Lo levantó, lo metió en él y cerró la tapa; luego vinieron los seis hombres y se lo llevaron de allí—. Nada me da miedo —dijo—, aquí no aprenderé lo que es en toda mi vida.

Entonces entró un hombre que era más alto que los demás y tenía un aspecto terrible, pero que ya era viejo y tenía una larga barba blanca, y dijo:

—¡Oh, tú, pobre diablo! Ahora sí que vas a aprender rápidamente lo que es el miedo, porque vas a morir.

—No tan rápido —respondió—, ahí quiero yo también estar presente.

El hombre dijo:

—¡Ya te pillaré!

—Bueno, tranquilo, no presumas tanto, yo soy tan fuerte como tú, y seguro que más.

—Eso quiero yo verlo —dijo el viejo—, si eres más fuerte que yo, te dejaré en paz, ven, vamos a comprobarlo.

Entonces lo condujo por oscuros pasillos hasta el fuego de una fragua, cogió un hacha y partió el yunque de un golpe.

—Yo sé hacerlo mejor —dijo el joven, se dirigió hacia el otro yunque y, para verlo, el viejo se colocó a su lado con su larga barba blanca.

Entonces el joven cogió el hacha y abrió una grieta en el yunque, en la que apresó la barba del viejo.

—Ahora ya te tengo —dijo el joven—, ahora te toca morir a ti.

Entonces agarró una barra de hierro y no paró de darle golpes hasta que el viejo empezó a gemir y le pidió que dejara de golpearle, que le daría grandes riquezas. El joven sacó el hacha y soltó al viejo, este lo condujo de vuelta al castillo y le mostró tres arcas llenas de oro en la bodega.

—De todo esto —dijo— una parte es para los pobres, otra para el rey, la tercera para ti.

Entretanto dieron las doce y el espíritu desapareció, de modo que el joven se quedó a oscuras. «Ya me las apañaré para salir», dijo, a tientas buscó el camino hacia la sala y se durmió junto a su fuego. A la mañana siguiente llegó el rey y dijo:

—¿Habrás aprendido ya lo que es el miedo?

—No —respondió—, ¿cómo iba a hacerlo? Mi difunto primo estuvo aquí y vino un hombre barbudo que me ha enseñado allá abajo un montón de dinero, pero lo que es el miedo no me lo ha enseñado ninguno.

El rey dijo:

—Has desencantado el castillo y te casarás con mi hija.

—Todo eso está muy bien —respondió él—, pero sigo todavía sin saber lo que es el miedo.

Entonces subieron el oro y se celebró la boda, pero el joven rey, por mucho que amaba a su esposa y por muy dichoso que era, seguía diciendo:

—¡Si tuviera un poco de miedo…! ¡Si tuviera un poco de miedo…!

Esto acabó por entristecer a su esposa, y su doncella de cámara le dijo:

—Voy a ayudaros, va a aprender de una vez por todas lo que es el miedo.

Y salió y mandó que le cogieran un cubo lleno de gobios. Y por la noche, cuando el joven rey estuviera durmiendo, su esposa tendría que destaparlo y echarle encima el cubo lleno de agua fría con los gobios, de forma que los pececillos se movieran a su alrededor. Entonces se despertó gritando:

—¡Ay, qué miedo tengo! ¡Ay, qué miedo tengo! Querida esposa, por fin ahora sé lo que es el miedo.

Publicado el 12 de enero de 1818 en el número 4 de *Wünschelruthe. Ein Zeitblatt* (Varita mágica. Diario de actualidad), págs. 13-16.

EL SASTRE QUE LLEGÓ AL CIELO

Un sastre llegó un día al cielo y le gustó mucho la gran sala, pues todo alrededor había sillas de hermoso terciopelo rojo, en las que estaban sentados los santos, y al fondo de la sala había un gran trono de oro, en el que estaba sentado Dios Padre, y los ejércitos celestiales estaban en torno a él. Poco después Nuestro Señor hizo un gran desfile por el cielo y todos lo siguieron. Pero el sastre se escondió, porque tenía curiosidad y quería verlo todo con detalle. Al andar así mirando el trono, que era todo de oro y de terciopelo rojo, descubre debajo una trampilla, y al abrirla ve la tierra a través de una ventana. Estando así mirando toda la tierra, se percata de un sastre que está cortando un gran pedazo de paño que arroja al infierno. Se enfada tanto al verlo desde su ventana del cielo, que arranca una pata del trono de Dios y se la tira al sastre ladrón. Entretanto la procesión regresa y, al percatarse Dios Padre de que falta una pata, puesto que el trono no estaba firme, se da cuenta al instante de lo que ha sucedido:

—Sastrecillo, sastrecillo —grita—, si te hubiera tirado una pata cada vez que arrojabas un pedazo de paño al infierno, ahora ya no quedaría una sola pata en el cielo.

Publicado el 19 de febrero de 1818 en el número 15 de *Wünschelruthe. Ein Zeitblatt* (Varita mágica. Diario de actualidad), pág. 50.

LA FIESTA DE LOS HABITANTES
DEL MUNDO SUBTERRÁNEO

¡Señor! Soy de un país muy lejano, cercano a la medianoche, llamado Noruega, en el que el sol no dora higos
ni limones como en tu bendita patria, donde tan solo
brilla unas pocas lunas sobre el suelo de su tierra, y con
el arado no consigue arrancar más que escasos frutos y
frutas. Si te resulta grato debes escuchar algún cuento,
como los que nosotros contamos en nuestras cálidas es-
tancias cuando la luz del norte brilla trémula sobre los
campos nevados.

En Noruega, no lejos de la ciudad de Drontheim,
vivía un hombre poderoso, bendecido con riquezas de
todo tipo. Una parte de las inmediaciones eran propie-
dad suya, infinitos rebaños pastaban en sus prados, y
un gran séquito y un montón de lacayos adornaban su

corte. Tenía una sola hija que se llamaba Aslaug, la fama de cuya belleza se extendía por todas partes. Los hombres más apuestos del país llegaban para pedir su mano, pero ninguno tenía suerte en su petición: el que llegaba pleno de confianza y alegría, volvía a marcharse silencioso y triste. Su padre, que pensaba que se estaba tomando tanto tiempo para elegir al mejor, le dejaba hacer y se alegraba de su inteligencia; pero, cuando finalmente los más ricos y elegantes habían tentado su suerte en vano, igual que los otros, se enfureció, llamó a su hija y le dijo:

—Hasta ahora te he dejado libertad para elegir, pero como veo que rechazas a todos sin diferencias y el mejor de los pretendientes no te parece suficientemente bueno, ya no voy a tener más consideración contigo. ¿Es que mi estirpe ha de extinguirse y mi herencia caer en manos extrañas? ¡He de quitarte esas ideas! Te doy de plazo hasta la gran fiesta de la Noche de Invierno; si para entonces no has elegido, te obligaré a darle tu mano a quien yo decida.

Aslaug estaba enamorada de un joven que se llamaba Orm y que era tan apuesto como inteligente y noble. Lo amaba de todo corazón y prefería morir a darle su mano a otro. Pero como su pobreza lo obligaba a servir en la corte de su padre, tenía que mantener su amor en silencio; pues a su padre le importaban demasiado el poder y la riqueza como para que hubiera dado su consentimiento a una unión con un hombre de tan pocos medios.

Cuando Aslaug vio su rostro sombrío y escuchó sus furiosas palabras, se puso pálida como la muerte, pues ella conocía su forma de pensar y no dudaba de que cumpliría sus amenazas. Sin rechistar una palabra regresó a su silenciosa habitación y empezó a pensar en cómo podría dar un giro al temporal que se le avecinaba, pero todos sus pensamientos eran en vano. La gran fiesta se aproximaba y, con cada día que pasaba, aumentaba su miedo.

Al final tomo la decisión de escaparse.

—Conozco un sitio seguro —dijo Orm—, donde podríamos estar mucho tiempo sin que nos descubrieran, hasta que tuviéramos oportunidad de abandonar el país.

Por la noche, cuando todos se habían dormido, Orm condujo a la temblorosa Aslaug hasta las montañas, a través de campos de hielo y nieve. Les alumbraban el camino la luna y las estrellas que en la fría noche de invierno brillaban aún con mayor resplandor. Bajo el brazo llevaban algunas ropas y pieles, más no podían acarrear. Estuvieron subiendo toda la noche hasta que llegaron a un lugar solitario, circundado por altos bloques de piedra. Aquí, Orm llevó a la fatigada Aslaug hasta una cueva, cuya entrada, estrecha y baja, apenas era perceptible, pero rápidamente se convertía en una gran cavidad, que se adentraba en lo más profundo de la montaña. Encendió un fuego y, descansando sobre las pieles, se sentaron en la más profunda soledad, lejos de todo el mundo.

Orm había sido el primero en descubrir esa cueva, que hoy en día se sigue mostrando, y como nadie sabía de su existencia, estaban completamente a resguardo de las indagaciones que pudiera hacer su padre. Pasaron todo el invierno en esa soledad. Orm iba de caza y Aslaug se quedaba en la cueva, avivaba el fuego y preparaba la necesaria comida. De vez en cuando subía a lo alto de las rocas, pero, hasta donde alcanzaba, su ojo no veía más que refulgentes campos nevados.

Llegó la primavera, el bosque estaba verde, los prados cobraron color, y Aslaug abandonaba la cueva alguna que otra vez con mucho cuidado. Una tarde Orm regresó con la noticia de que había reconocido a lo lejos a los lacayos de su padre y que le había costado trabajo mantenerse oculto a sus ojos, sin duda tan agudos como los de él mismo.

—Cercarán esta zona —dijo— y no descansarán hasta habernos encontrado, hemos de abandonar nuestro refugio sin más demora.

Bajaron por la cara opuesta de la montaña y llegaron a la playa, donde tuvieron la suerte de encontrar un bote. Orm lo empujó y el barco salió a mar abierto. Habían escapado de sus perseguidores, pero estaban expuestos a otra desgracia: ¿hacia dónde debían dirigirse? No podían desembarcar en ningún lugar, pues por todas partes el padre de Aslaug era señor de la costa y habrían caído irremediablemente en sus manos. No les quedaba más remedio que dejar el barco a merced de los vientos y las olas. Estuvieron navegando durante toda la noche. Al llegar el día, la costa había desaparecido, no veían nada más que el cielo en lo alto, el mar en lo bajo, y las olas que subían y bajaban. No habían llevado consigo ni un bocado de comida, y el hambre y la sed empezaron a atormentarlos. Pasaron tres días en esa penuria, y la fatiga de Aslaug era tan grande que creía ver ante sí una muerte segura.

Finalmente, la noche del tercer día descubrieron una isla de un tamaño considerable, rodeada por un buen número de otras más pequeñas. Inmediatamente Orm se dirigió hacia allí, pero cuando ya se había aproximado lo suficiente, empezó a soplar de repente un viento de tormenta y las olas, cada vez más altas, chocaban contra ellos. Dio la vuelta con la intención de aproximarse desde otro lado, pero no tuvo mejor suerte: cada vez que se acercaba el barco era empujado hacia atrás por una fuerza invisible.

—¡Dios mío! —exclamó santiguándose y mirando a la pobre Aslaug, que parecía desfallecer ante sus ojos.

Pero apenas había salido de sus labios esta exclamación, la tormenta cesó, las olas se calmaron, y el barco pudo varar sin ningún problema. Orm saltó a la orilla y algunos moluscos que buscó entre la arena fortalecieron y aliviaron a la pobre Aslaug, de modo que pronto fue capaz de abandonar el bote.

La isla estaba cubierta de arbustos bajos y parecía deshabitada, pero, cuando se encontraban ya cerca del centro, descubrieron una casa que tan solo sobresalía a medias de la tierra, y parecía estar metida en ella hasta la mitad. Se acercaron con la esperanza de encontrar gente y ayuda. Escucharon para ver si percibían algún sonido, pero reinaba el más absoluto silencio. Finalmente, Orm abrió la puerta y entraron, y cuál no sería su sorpresa al ver que todo estaba dispuesto para ser habitado, aunque por ningún lado divisaban a un solo ser viviente. El fuego ardía en el hogar, en medio de la sala, y de él colgaba una olla con pescado que tan solo parecía estar esperando a que la retiraran para comérselo. Las camas estaban hechas y preparadas para recibir a los fatigados caminantes. Orm y Aslaug permanecieron un buen rato sin saber qué hacer y con algo de miedo, pero, al final, dominados por el hambre, cogieron la comida y como, una vez saciados y con los últimos rayos del sol que se extendían sobre la isla, no divisaban un solo ser vivo a lo ancho y a lo largo, cedieron a su cansancio y se acostaron en las vacías camas.

Creían que por la noche los despertarían sus dueños al regresar; sin embargo, sus temores no se cumplieron y durmieron hasta que el sol de la mañana iluminó sus ojos. Tampoco después se dejó ver nadie y parecía como si una fuerza invisible hubiera preparado de antemano la casa para ellos. Pasaron todo el verano en la más absoluta dicha, solos, pero sin echar de menos a las personas; tenían todo lo que necesitaban, los huevos de las aves silvestres y la pesca les proporcionaban alimento de sobra.

En otoño Aslaug dio a luz a una hermosa niña. En medio de la alegría de su nacimiento les sorprendió una fantástica aparición. Las puertas se abrieron de repente y entró una anciana. Llevaba un hermoso vestido azul, pero en su ser había algo raro y extraño.

—No os asustéis —dijo— porque aparezca ante vosotros de forma tan inesperada, soy la dueña de esta casa y os agradezco que la hayáis mantenido tan limpia y tan bien y que todo esté tan ordenado. Me hubiera gustado venir antes, pero no era posible hasta que estuviera aquí la pequeña Heide (y al decir esto señaló a la recién nacida). Ahora tengo libre acceso. Solo que no traigáis a ningún sacerdote de tierra firme para bautizarla, de lo contrario tendré que volver a marcharme. Pero si queréis acomodaros a mi voluntad en este espacio, no tendréis que contentaros solo con vivir aquí, sino que os haré tanto bien como podáis desear. Todo aquello a lo que deis comienzo saldrá bien, sí, la dicha os pisará siempre los talones. Pero si no cumplís esa condición, estad seguros de que el mal no dejará de acosaros, me vengaré incluso en la niña. Si necesitáis algo o estáis en peligro, decid tres veces mi nombre y apareceré al instante para socorreros. Soy de la estirpe de los antiguos gigantes y me llamo Guru. Pero cuidaos de pronunciar en mi presencia el nombre de aquel que ningún gigante puede oír y no oséis hacer la señal de la cruz, y tampoco tallarla en ninguna viga ni en ningún tablón de la casa. Podéis habitarla aquí todo el año, pero sed buenos y dejádmela la noche de Navidad, cuando el sol está en su punto más bajo, porque es entonces cuando celebramos nuestra gran fiesta, pues ese es el único momento en que se nos permite divertirnos; si no queréis salir, al menos permaneced todo el día en el desván tan tranquilos como sea posible, y, si tenéis aprecio a vuestra vida,

tampoco miréis a la sala hasta que haya pasado la medianoche. Después podéis volver a tomar posesión de todo.

Tras decir esto, la anciana desapareció. Aslaug y
Orm, tranquilizados sobre su situación, continuaron viviendo alegres y contentos sin una sola molestia. Orm
no echaba su red sin hacer una abundante pesca, no dis-
paraba una flecha de su arco que no diera en el blanco,
en resumen: todo lo que hacían, por pequeño que fuera,
daba frutos bien visibles. Cuando llegó Navidad, limpiaron la casa lo mejor que pudieron, pusieron todo en
orden, encendieron el fuego del hogar y, al acercarse la
noche, se tumbaron uno al lado del otro en el desván,
donde se mantuvieron en silencio. Cuando anocheció
creyeron percibir en el aire unos sonoros silbidos y unos
relinchos como los que suelen hacer los cisnes en invierno. Sobre el hogar, en el tejado, había un agujero que
podía abrirse y cerrarse, en parte para dejar entrar la luz
del día, en parte para mantener una corriente para el
humo. Orm levantó la tapa cubierta con una tela y metió la cabeza por ella. ¡Qué visión maravillosa se ofreció a
sus ojos! Todas las pequeñas islas de alrededor refulgían,
había infinitas lucecitas azules que se movían inquie-
tas saltando de arriba abajo, y luego, a brincos, se diri-
gían a la playa y se agrupaban, para aproximarse después
cada vez más a la gran isla en que vivían Orm y Aslaug.
Finalmente llegaron y se dispusieron en círculo en torno a una gran piedra, situada no lejos de la orilla, y que
Orm conocía muy bien. Pero cuál no sería su sorpresa
cuando vio que la piedra había adoptado entonces por

completo la figura de un hombre, aunque de uno enorme y gigantesco. Pudo distinguir con claridad que las lucecitas azules eran portadas por pequeños enanos, los cuales llevaban sobre sus deformes cuerpos, meciéndose de un lado para otro, unos rostros pálidos y terrosos alterados por poderosas narices y ojos rojos y además por picos de pájaro o por ojos de lechuza, y parecían estar tristes y divertidos, ambas cosas. De repente el círculo se abrió, los pequeños retrocedieron a ambos lados y Guru, solo que más grande y con un cuerpo tan enorme como el de aquella piedra, se aproximó con sus poderosos pasos de gigante. Rodeó con ambos brazos la imagen de piedra, que al instante empezó a cobrar vida y a moverse. Al verse el primer movimiento, los pequeños, entre fantásticos saltos y muecas, dieron comienzo a un cántico o, mejor dicho, a un gemido, que resonó por toda la isla, y con el que esta parecía temblar. Sorprendido, Orm retiró la cabeza y él y Aslaug se mantuvieron muy callados en la oscuridad, sin atreverse apenas a respirar. La comitiva se movía en dirección a la casa, cosa que podía percibirse por el griterío que se acercaba. Estaban ya dentro, los enanos andaban entre ágiles y ligeros saltitos por los bancos, y los pasos de los gigantes resonaban pesados e imponentes entre medias. Se oyó poner la mesa, tabletear las cazuelas y el griterío de júbilo con el que se celebraba el festín. Cuando hubieron terminado y se acercaba ya la medianoche, empezaron una danza acompañando a ese encantador y enloquecedor cántico élfico, que algunas personas han oído de vez en cuando en los acantilados y espiado también a los habitantes del mundo subterráneo. Al oír este cántico, Aslaug sintió un deseo irresistible de ver el baile, y Orm no fue capaz de detenerla.

—Déjame mirar —dijo—, de lo contrario se me romperá el corazón.

Cogió a la niña y se sentó en un extremo del suelo desde el que podía verlo todo, sin que nadie se percatara de ella. Estuvo contemplando el baile durante largo rato, sin apartar la mirada de los fantásticos y audaces saltos de las pequeñas criaturas que parecían flotar en el aire y apenas rozar la tierra, mientras la encantadora melodía de los elfos llenaba su alma. Entretanto, a la niña que yacía en sus brazos, le entró sueño y, respirando profundamente, sin pensar en lo que había prometido a la anciana, hizo, como se suele hacer, la señal de la cruz sobre la boca de la niña y dijo:

—¡Que Cristo te bendiga, hija mía!

En el mismo momento en que pronunció esa palabra se levantó un griterío terrible y penetrante. Los espíritus se precipitaron atropelladamente en un terrible tumulto hacia la puerta, sus lucecitas se apagaron y, a los pocos minutos, todos habían abandonado la casa, que quedó como muerta. Orm y Aslaug, profundamente asustados, se escondieron en el rincón más oculto de la casa. No se atrevieron a salir hasta el día siguiente, y solo cuando el sol iluminaba ya el hogar a través del agujero del tejado tuvieron valor suficiente para bajar del desván.

La mesa seguía aún puesta tal como la habían dejado los habitantes del mundo subterráneo, y sobre ella había una vajilla de plata, trabajada de la manera más delicada. En mitad del suelo había un enorme puchero de cobre, lleno hasta la mitad de dulce carne, a su lado un cuerno para beber de oro puro. En el rincón, apoyado en la pared, había un instrumento de cuerda, no muy diferente a una tabla de picar, que, por lo que se cree, suelen tañer las mujeres gigantes. Lo miraban todo con asombro, sin atreverse a tocar nada; pero se quedaron absolutamente perplejos cuando, al volverse, vieron sentada al extremo superior de la mesa a una figura enorme; Orm reconoció al instante al gigante al que Guru había dado la vida por la noche con su abrazo. Ahora era dura y fría piedra. Mientras estaban allí delante, ella en persona entró en la sala con su forma de gigante. Lloraba tanto que sus lágrimas regaban la tierra. Con el llanto no pudo pronunciar palabra en un rato, pero al final dijo:

—Me habéis causado un gran dolor y tendré que llorar mientras viva; pero como sé que no lo habéis hecho de mala fe, os perdonaré, aunque para mí sería una nimiedad aplastar la casa entera encima de vosotros igual que el cascarón de un huevo. ¡Ay —exclamó—, aquí está mi amo y señor, al que quiero más que a mí misma, convertido para siempre en piedra, jamás volverá a abrir los ojos! Llevo trescientos años viviendo con mi padre en la isla de Cunan, dichosa en mi inocente juventud, la más hermosa de las doncellas gigantes. Poderosos pretendientes pidieron mi mano, el mar en torno a esa isla sigue aún lleno de enormes peñascos, lanzados allí en sus duelos. Andfind salió vencedor y me prometí con él. Pero, siendo aún su novia, el repugnante Odín llegó al país, doblegó a mi padre y nos expulsó a todos de la isla. Mi padre y mis hermanas huyeron a las montañas y, desde entonces, mis ojos no han vuelto a verlos. Andfind y yo nos salvamos viniendo a esta isla, donde hemos vivido mucho tiempo tranquilos y en paz, y donde creíamos no ser perturbados jamás. Pero el destino, al que nadie escapa, lo había decidido de otra manera. Oluf llegó desde Bretaña. Dijeron que era un santo, pero a Andfind le preocupó muy pronto que su viaje trajera desgracias para los gigantes. Cuando oyó decir que el barco de Oluf se acercaba a través de las olas, bajó a la playa y, con todas sus fuerzas, sopló para que el mar le diera en contra y levantó una tormenta tan fuerte que las olas se alzaban como montañas. Pero Oluf era aún más poderoso, su barco voló sin detenerse atravesando las olas, igual que una flecha que, disparada, se dirige a su blanco. Puso rumbo directamente a nuestra isla; cuando estuvo tan cerca que Andfind creía cogerlo en sus manos, agarró con la derecha la parte delantera para lanzarlo al abismo tal como había hecho a menudo con otros barcos. Pero Oluf, el terrible Oluf, salió y, con las manos cruzadas una sobre otra, gritó en voz alta: «¡Te quedarás ahí como una piedra hasta el día del juicio!», y en ese mismo momento el pobre Andfind quedó convertido en duro guijarro. Sin ningún impedimento, el barco siguió navegando justo en dirección a la montaña que atravesó y de la que separó la pequeña isla que está allá afuera. Desde ese momento mi dicha se destruyó, he vivido sola y triste todos mis años. Tan solo en la noche de Navidad los gigantes petrificados pueden volver a la vida durante siete horas si alguien de su estirpe los abraza y a la vez está dispuesto a sacrificar cien años de su propia vida. Pero un gigante rara vez hace eso. Yo amaba a mi amo y señor demasiado como para no haberle devuelto la vida con mucho gusto cada vez que me fuera posible aun pagando el más alto precio, sin contar jamás las veces que lo he hecho, para no saber cuándo llegaría el momento en que yo misma me convertiría en piedra, ni en qué momento, al abrazarlo con mis brazos, quedaría unida a él aumentando su tamaño. ¡Pero hasta este consuelo me ha sido robado! Ya no puedo volver a despertarlo con mi abrazo, una vez que ha oído el nombre que no debo nombrar, y no volverá a ver la luz hasta el día del juicio final.

»Ahora me marcho, no volveréis a verme más. Os regalo todo lo que hay en la casa, me quedo solo con mi clavijero, porque Andfind me lo regaló. ¡Pero que nadie se atreva a querer fijar su residencia en las islitas de alrededor! Allí viven los pequeños habitantes del mundo subterráneo que habéis visto en la fiesta y yo los protegeré mientras viva.

Tras decir esto, Guru desapareció. La primavera siguiente Orm se dirigió con el cuerno de oro y la vajilla de plata a Drontheim, donde nadie lo conocía; el valor del noble metal era tan grande que pudo comprarse todo lo que un hombre rico necesita, y, cargado con ello, su barco regresó a la isla, donde pasó muchos años sin perturbaciones, inmerso en la dicha más absoluta. El padre de Aslaug pronto se reconcilió con el rico yerno.

La imagen de piedra permaneció sentada en la casa, ninguna fuerza humana era capaz de moverla, y la piedra misma era tan dura que martillos y hachas saltaban sin herirla en lo más mínimo. Así que el gigante permaneció allí hasta que llegó a la isla un hombre santo que con una sola palabra lo devolvió al lugar en el que se encontraba antes y en el que aún sigue ahora. El caldero de cobre que los habitantes del mundo subterráneo dejaron atrás se conserva en la isla como un recuerdo que lleva el nombre de la isla de la casa hasta el día de hoy.

Publicado en 1827 en el *Märchenalmanach für Söhne und Töchter gebildeter Stände auf das Jahr 1827* (Almanaque de cuentos para hijos e hijas de las clases cultas), editado por Wilhelm Hauff en Stuttgart, págs. 253-268.

BLANCANIEVES Y ROSARROJA

Una pobre viuda vivía en una cabañita, y delante de la cabañita había un jardín en el que había dos rosales, de los que uno daba rosas blancas y el otro rojas, y tenía dos hijas que se parecían a los dos rosales, y la una se llamaba Blancanieves, la otra Rosarroja. Y eran tan piadosas y tan buenas, tan trabajadoras e infatigables como nunca lo han sido dos niñas en el mundo. Blancanieves era más tranquila y más dulce que Rosarroja, que prefería brincar por prados y campos en busca de flores y avecillas de verano, mientras Blancanieves se quedaba sentada junto a su madre, leyéndole en voz alta o ayudándola en las tareas de la casa. Pero las dos se querían tanto que, cuando iban juntas, se cogían de la mano y decían: «No nos abandonaremos nunca», y la madre añadía entonces: «¡Lo que la una tenga, debe compartirlo con la otra!».

A menudo iban solas al bosque a coger bayas rojas, pero ningún animal les hacía daño, sino que todos confiaban en ellas; alguna que otra liebrecilla comía de su mano las hojas de col que les llevaban, y algún que otro cervatillo se acercaba para pastar a su lado. No les acaecía ninguna desgracia y, si se retrasaban y se les hacía de noche, se cogían la una a la otra y dormían hasta el amanecer, y la madre lo sabía y no se preocupaba por ellas. En una ocasión en que se despertaron así en el bosque, vieron a un niño, extraño y hermoso, que se había sentado ante ellas para que en la oscuridad no dieran un paso más, pues de lo contrario habrían caído en un abismo. Se levantó y las miró amablemente, pero no dijo nada y se adentró en el bosque. La madre les dijo que había sido su ángel de la guarda.

Ambas tenían la casita de la madre tan limpia que daba gloria verla. En verano Rosarroja cuidaba la casa, y todas las mañanas, cuando la madre se despertaba, tenía un hermoso ramo de flores ante la cama, con una rosa de cada rosal. Si era invierno, Blancanieves encendía el fuego en el hogar y colgaba el caldero del gancho; el caldero era de latón, pero estaba tan limpio que brillaba como el oro. Por la noche, cuando caía la nieve, la madre decía: «Anda, Blancanieves, ve a echar el cerrojo», y después se sentaban junto al hogar, la madre se ponía los anteojos y leía en voz alta de un gran libro, y las dos niñas hilaban y bordaban. A su lado había un corderito y a sus espaldas, sobre una vara, había una palomita con la cabeza escondida bajo el ala.

Aconteció entonces que una tarde, cuando estaban juntas, alguien llamó a la puerta como si quisiera entrar. La madre dijo:

—Abre, Rosarroja, será un caminante que busca cobijo.

Rosarroja fue y descorrió el cerrojo, pero no fue un hombre el que entró, sino un oso negro que metió su gorda cabezota por la puerta. Rosarroja dio un fuerte grito y saltó hacia atrás, el corderito empezó a balar, la palomita a batir sus alas y Blancanieves se escondió tras la cama de su madre. Pero el oso empezó a hablar y dijo:

—No temáis, que no os haré ningún daño, solo quiero calentarme un poco en vuestro fuego.

—Pues túmbate ahí —respondió la madre, llamó a las niñas y dijo—: ¡Blancanieves!, ¡Rosarroja!, venid aquí, el oso no os hará nada, lo dice de verdad.

Entonces las niñas volvieron y el corderito y la palomita perdieron también el miedo y se acercaron. Pasado un ratito dijo el oso:

—Niñas, sed buenas y sacudidme un poco la nieve de la piel.

Cogieron la escoba y limpiaron al oso, que se estiró y gruñó todo contento. Al final acabaron cogiendo confianza y le tiraban de la piel con las manos o ponían sus piececitos encima de él y lo hacían rodar de un lado a otro, o cogían una vara y le daban golpes con ella. El oso se dejaba hacer, solo cuando le hacían bromas pesadas exclamaba:

—Con vida me habéis de dejar.
»¡Blancanieves!, ¡Rosarroja!,
»al pretendiente vais a matar.

Cuando llegó la hora de dormir y las niñas se fueron a la cama, la madre dijo al oso:

—En el nombre de Dios, puedes quedarte aquí, junto al fuego del hogar, así estarás protegido del frío.

A la mañana siguiente, cuando se hizo de día, las niñas lo dejaron salir y él se adentró en el bosque trotando por la nieve. A partir de ese día el oso regresaba todas las noches a la misma hora y se tumbaba junto al hogar, y las niñas se acostumbraron a él de tal manera que por la noche no cerraban la puerta hasta que el negro huésped había llegado.

Cuando llegó la primavera y afuera todo estaba verde, dijo el oso una mañana:

—Ahora debo marcharme y no podré volver en todo el verano.

Blancanieves dijo:

—¿Adónde vas?

—Tengo que ir al bosque a proteger mis tesoros de los enanos; en invierno, cuando la tierra está dura y helada tienen que quedarse abajo y no pueden salir, pero ahora salen, buscan y roban y lo que llevan a sus cuevas difícilmente vuelve a ver la luz del día.

Entonces Blancanieves le abrió la puerta, pero, al salir, el oso se enganchó en un clavo y se le desgarró un trozo de piel, y a Blancanieves le pareció como si hubiera visto unos reflejos de oro, pero no estaba segura, porque el oso se había ido a todo correr.

Pasado un tiempo, dijo la madre:

—Niñas, id a por ramas secas, pronto nos quedaremos sin ellas.

Cuando llegaron al bosque vieron un gran árbol talado en el suelo, y en el tronco, por entre la hierba, algo que brincaba de un lado a otro, pero no pudieron distinguir lo que era. Se acercaron y vieron a un enano de rostro avejentado y una barba blanca como la nieve de un codo de larga. Pero el extremo de la barba se había enganchado en una ranura del tronco y el pequeño saltaba de un lado a otro, igual que un perrillo atado a una cuerda, sin saber qué hacer para salir de aquella. Miró fijamente a las niñas con sus rojos ojos de fuego y exclamó:

—¿Qué hacéis ahí paradas? ¿Es que no podéis venir a ayudarme?

—¿Qué es lo que has hecho, hombrecillo? —preguntó Rosarroja.

—¡Criaturas curiosas! —respondió el enano—. Iba a partir ese árbol para tener trozos pequeños de leña para cocinar; con los leños grandes se nos quema enseguida la poca comida que nosotros necesitamos. Había clavado una cuña, pero el maldito trozo de madera debía de ser demasiado liso, se saltó y el árbol se desplomó como un rayo, y yo no pude retroceder tan deprisa, así que el extremo de mi hermosa barba blanca se quedó pillada en él. Podéis reíros con esas caras de leche estúpidas y lisas, ¡puf!, ¡qué asquerosas que sois!

Las niñas tiraron de la barba, pero fue en vano: la barba estaba demasiado pillada.

—Voy a ir a buscar a alguien —dijo Rosarroja.

—¿Pero qué dices? —dijo el enano con voz seca—. ¿A quién más vas a llamar? Lo que me faltaba, ¡niñas tontas! ¿Es que no se os ocurre nada mejor?

—Espera —dijo Blancanieves—, yo te ayudaré. —Se sacó las tijeras del bolsillo y le cortó el extremo de la barba.

Cuando el enano se sintió liberado, echó mano a un saco de oro que estaba bajo el árbol, mientras gruñía para sus adentros:

—¡Qué gente tan bruta! Cortarme un pedazo de mi hermosa barba…, ¡que os lo agradezca el cuco! —Se echó el saco a la espalda y se marchó de allí sin decir a las niñas una sola palabra de agradecimiento y ni siquiera mirarlas.

En otra ocasión Blancanieves y Rosarroja iban con la caña a pescar unos peces para la cena. Al acercarse al arroyo vieron que algo parecido a un saltamontes iba brincando a grandes saltos en dirección al agua, como si quisiera meterse en ella. Corrieron hacia allá y reconocieron al enano.

—¿Qué es lo que pretendes? —preguntó Rosarroja.

—¿Es que no lo veis? El maldito pez me está arrastrando al agua.

El pequeño estaba pescando y el viento le había enrollado la barba en el sedal; entonces, por desgracia, un gran pez había mordido el anzuelo y el enano no era lo suficientemente fuerte como para sacarlo, sino que el pez lo dominaba y arrastraba al enano hacia él. Este se agarraba a todas las cañas y juncos, pero no le servía de nada, tenía que seguir al pez dando un salto tras otro.

Las buenas niñas llegaron en el momento oportuno para sujetar al pequeño, pues un poco después hubiera estado en el agua y habría sido su final.

Trataron de soltar la barba del anzuelo, pero no era posible, porque estaba muy enredada. No les quedó más remedio que volver a sacar las tijeras y cortar la barba, con lo que se perdió un pequeño pedazo de ella. Cuando el enano lo vio, les gritó:

—¡Atolondradas! ¿Es esta la forma de estropearle a uno la cara? Primero me cortasteis la punta de la barba, y ahora he perdido un buen trozo de ella. ¡No puedo presentarme así ante los míos! ¡Ojalá no tuvierais más remedio que correr hasta quedaros sin suelas en los zapatos!

Entonces agarró un saco de perlas que estaba entre las cañas y, en silencio, sin decir una palabra más, lo arrastró consigo y desapareció tras una piedra.

En otra ocasión, no mucho después de esto, la madre envió a las niñas a la ciudad a comprar hilo, agujas, lazos y cintas. Al llegar a un brezal por el que había dispersas grandes rocas, vieron en el cielo un gran pájaro volando lentamente en círculo sobre ellas, y descendiendo cada vez más, hasta que al final se posó no muy lejos de una de las rocas. Justo después oyeron un grito de lamento. Echaron a correr y, asombradas, vieron que un águila había apresado al conocido enano, que acababa de salir de una grieta de la roca, y se disponía a llevárselo. Las compasivas niñas sujetaron al punto al hombrecillo y pelearon con el águila hasta que esta tuvo que soltar a su presa. Cuando el enano se hubo recobrado del primer susto, dijo:

—¿Es que no podéis agarrarme con más delicadeza? Me habéis destrozado la chaquetita y ahora está llena de agujeros, ¡estúpida chusma!

Luego cogió un saco de piedras preciosas y volvió a deslizarse al interior de su cueva. Las niñas ya estaban acostumbradas a su falta de cortesía, continuaron su camino e hicieron sus compras en la ciudad. Cuando, por el camino de regreso a casa, volvieron a llegar al brezal, sorprendieron al enano, que había pensado que tan tarde nadie haría ya ese camino. Se había buscado un sitio limpio para vaciar en él su saco de piedras preciosas. Estaban por todas partes y, como el sol del atardecer caía sobre ellas, relucían maravillosamente en todos los colores, azul, rojo, verde y amarillo, de manera que las niñas se pararon a contemplarlas.

—¿Qué hacéis ahí papando moscas? —gritó el enano enojado, y se disponía a seguir insultándolas cuando oyó un gruñido y en ese mismo momento un oso salió de entre el bosque.

Asustado se levantó de un salto y se disponía a huir, pero no podía llegar a su escondite, porque el oso estaba demasiado cerca. Entonces exclamó, preso de miedo:

—Querido oso, perdonadme y os daré todos mis tesoros, todas las piedras preciosas que hay ahí. ¿Qué vais a sacar de mí, un individuo tan pequeño? Ni siquiera me notaréis entre los dientes, pero esas dos niñas, esas sí que son un bocado tierno, gorditas como crías de codorniz. ¡Coméoslas, en el nombre de Dios!

El oso no hizo el menor caso a sus palabras y, de un solo golpe que le dio con su zarpa a la malvada criatura, la dejó en el sitio.

Las niñas habían salido corriendo, pero el oso les gritó:

—¡Blancanieves!, ¡Rosarroja!, no temáis, deteneos y esperadme, quiero ir con vosotras.

Reconocieron la voz del viejo amigo y se detuvieron; entonces corrió hacia ellas y cuando estuvo a su lado se le cayó la piel de oso y ante ellas vieron a un apuesto príncipe, vestido todo de oro: estaba encantado y la muerte del malvado enano había roto el hechizo. Y Blancanieves se convirtió en su esposa y Rosarroja se casó con el hermano del rey y fue igual de rica, pues le dieron el oro, las perlas y las piedras preciosas que el enano había acumulado en su cueva. Y la anciana madre vivió muy feliz a su lado y se llevó consigo los dos rosales, y los plantó ante su ventana y cada año daban las rosas más hermosas, blancas y rojas.

Publicado en 1827 en el *Märchenalmanach für Söhne und Töchter gebildeter Stände auf das Jahr 1827* (Almanaque de cuentos para hijos e hijas de las clases cultas), editado por Wilhelm Hauff en Stuttgart, págs. 269-278.

CUENTO DE HANS EL ESPABILADO

Lo feliz que es un amo y lo bien que le va a su casa cuando tiene un criado sabio, que escucha sus palabras, pero no las sigue, sino que actúa según su propio entender. En una ocasión, el amo envió a un Hans de estos tan espabilados a buscar una vaca perdida. Tardaba mucho en volver y el amo pensó: «Hay que ver cómo trabaja mi buen Hans, no escatima esfuerzo ninguno». Pero como no regresaba, el amo, preocupado, se puso en camino para buscar al espabilado criado. Tuvo que buscar durante un buen rato, pero lo encontró corriendo por el campo.

—Y bien, Hans —preguntó el amo—, ¿has encontrado la vaca que te envié a buscar?

—No, señor, no he encontrado la vaca, pero tampoco la he buscado; he estado buscando algo mejor, y afortunadamente lo he encontrado.

—¿Y qué es, Hans?

—Tres mirlos —respondió.

—¿Y dónde los tienes?

—A uno lo veo, al otro lo oigo, al tercero lo cazo —repuso el espabilado criado.

Aprended bien el ejemplo y actuad con igual sabiduría, así todo irá bien y cada cual estará satisfecho consigo mismo.

Publicado el 2 de enero de 1836 en el número 1 de *Das Pfennig-Magazin für Kinder* (Revista de a penique para niños), pág. 7.

Heinz el Vago tenía una cabra que llevaba todos los días a pastar.

—¡Ay! —dijo una noche tras haber concluido su trabajo—. ¡Qué trabajo tan penoso este de tener que llevar a la cabra año tras año a la pradera y vigilarla para que no se escape!

Y se puso a pensar con gran ahínco en cómo podría aliviarse de esta gran carga. De repente tuvo una idea:

—Ya sé lo que tengo que hacer; me casaré con la gorda de Line, que vive aquí enfrente; ella también tiene una cabra y puede llevar a las dos juntas a pastar, así yo podré descansar de una vez por todas.

Así pues, levantó sus cansadas extremidades, atravesó la calle hasta la casa de los padres de Line la Gorda, llegaron a un acuerdo y Line se convirtió en su mujer. Durante un tiempo ella cuidó ambas cabras y Heinz vivió muy feliz.

Pero Line también era vaga y por eso un día le dijo a Heinz:

—Querido Heinz, ¿por qué hemos de amargarnos la vida? Es mejor que cambiemos al vecino de enfrente las dos cabras por una colmena. Esta la colocamos en un lugar soleado detrás de la casa; las abejas no necesitan que las cuiden ni que las saquen al prado, vuelan solas y regresan a casa solas, y recogen la miel sin darnos el menor trabajo.

—Has hablado como una mujer sensata —respondió Heinz—, además la miel me sabe mejor que la leche de cabra.

El pretendido trueque se llevó felizmente a cabo. Las abejas volaban infatigables desde por la mañana temprano y llenaban de miel la colmena, de manera que Heinz podría recoger en otoño un buen jarro.

Colocaron el jarro en lo alto de un estante sujeto a la pared de su dormitorio para que no lo robaran, y, para que los ratones no pasaran por encima de él, Line cogió una buena vara de avellano y la colocó junto a su cama, de manera que, sin tener que levantarse innecesariamente, podía alcanzar el estante con la mano y espantar desde la cama a los huéspedes no invitados.

Una mañana en que a plena luz del día seguían en la cama, que a Heinz no le gustaba abandonar antes de mediodía porque, según él, fuera de ella lo único que hacía uno era comerse su hacienda, le dijo a su mujer:

—A las mujeres les gusta lo dulce y tú te vas a comer toda la miel; es mejor que la gastemos juntos antes de que te la comas tú sola y compremos con ella un ganso con una cría.

—Pero no antes —respondió Line— de que tengamos un hijo que los cuide, ¿o es que voy a tener yo que martirizarme y emplear todas mis fuerzas en ello?

—¿Quieres decir —dijo Heinz— que el chico cuidaría los gansos? Hoy en día los niños ya no obedecen, hacen lo que ellos quieren porque se creen más listos que sus padres.

—Oh —dijo Line—, ya le daré yo si no hace lo que le diga, los muchos palos le curtirán la piel. ¿Lo ves, Heinz? —exclamó y en su celo cogió la vara de espantar ratones—, ¿lo ves? Así le daré.

Y soltó un golpe, pero sin querer acertó al jarro de miel que estaba sobre la cama, el cual, del golpe, saltó contra la pared y se hizo añicos, de manera que la rica miel se derramó por el suelo.

—Ahí están ahora el ganso y su joven cría —dijo Heinz—, suerte que el jarro no me ha caído en la cabeza.

Y viendo que en uno de los trozos quedaba aún algo de miel, echó mano a él y dijo complacido:

—Vamos a saborear este restito, mujer, y luego descansaremos un poco del susto que nos hemos llevado.

Publicado el 9 de enero de 1836 en el número 2 de *Das Pfennig-Magazin für Kinder* (Revista de a penique para niños), págs. 13 y ss.

EL ATAÚD DE CRISTAL

Que nadie diga que un pobre sastre no puede salir adelante en la vida y conseguir grandes honores; no necesita más que llegar a la fragua adecuada y, lo que es más importante, tener suerte. Uno de estos aprendices de sastre, hábil y bien dispuesto, inició su viaje de formación y llegó hasta un gran bosque, y, como no conocía el camino, se perdió. Cayó la noche y no le quedó otro remedio que buscar un lecho en aquella lúgubre soledad. Sobre el blando musgo habría podido hacerse una buena cama, pero el miedo a las fieras no lo dejaba en paz y, al final, se decidió a pasar la noche en lo alto de un árbol. Buscó un gran roble, subió a la copa y dio gracias a Dios por llevar su plancha con él, pues de lo contrario el viento que soplaba allí arriba se lo hubiera llevado.

Tras haber pasado unas horas en la oscuridad entre miedos y temblores, vio a corta distancia el brillo de una luz, y, como se imaginó que podría ser una vivienda en la que estaría mejor que en las ramas de un árbol, bajó con cuidado y se fue en dirección a la luz. Esta lo guio hasta una casita hecha de cañas y juncos. Llamó animoso, la puerta se abrió y al resplandor de la luz que caía vio a un anciano canoso, que llevaba un traje hecho de harapos de muchos colores. Con voz ronca le preguntó quién era y qué quería.

—Soy un pobre sastre —respondió— al que ha sorprendido la noche aquí en medio de la espesura y os ruego fervientemente que me acojáis hasta mañana en vuestra cabaña.

—Sigue tu camino —repuso el anciano malhumorado—, no quiero saber nada de vagabundos, búscate cobijo en otro lugar.

Iba a meterse de nuevo en su casa, pero el sastre lo sujetó de la punta de la chaqueta y se lo rogó de forma tan conmovedora que el anciano, que no era tan malo como parecía, terminó por ablandarse y lo acogió en la cabaña, donde le dio de comer y luego le indicó una cama muy buena que había en un rincón.

El fatigado sastre no necesitó que lo mecieran, sino que durmió plácidamente hasta la mañana siguiente y tampoco hubiera pensado en levantarse si no le hubiera asustado un fuerte ruido. Unos gritos y unos potentes mugidos atravesaban las delgadas paredes de la casa. El sastre, al que sobrecogió un inesperado valor, se levantó de un salto, se puso sus ropas a toda prisa y se precipitó al exterior. Cerca de la casa vio un gran toro negro y un hermoso ciervo inmersos en una feroz pelea. Los animales se lanzaban el uno contra el otro con tal furia que el suelo temblaba con sus trotes y el aire retumbaba con sus gritos. No podía predecirse quién de los dos ganaría. Al final, el ciervo le clavó en el cuerpo la cornamenta al toro, que cayó al suelo entre espantosos mugidos, tras lo cual el ciervo le asestó aún algunos golpes que lo dejaron completamente muerto. El sastre, que había estado observando la pelea con asombro, permaneció inmóvil cuando el ciervo se acercó a él a grandes saltos y, antes de que pudiera darse cuenta y emprender la huida, lo cogió también con su grande y majestuosa cornamenta. El pobre sastre no estaba herido, pero había ido a parar a un sitio incómodo y peligroso. No pudo meditar mucho, pues iba a toda carrera a campo traviesa, por montes y valles, prados y bosques. Se sujetó firmemente con ambas manos al extremo de la cornamenta y se abandonó a su suerte. Le parecía como si estuviese volando hacia ella. Finalmente el ciervo se detuvo ante una roca, se tumbó y dejó caer al sastre con cuidado. El sastre, más muerto que vivo, necesitó algún tiempo para volver a recobrar el sentido; una vez que se hubo recuperado un poco, el ciervo, que seguía a su lado, estrelló su cornamenta con tal fuerza contra una puerta de hierro que había en una pared de la roca, que esta se abrió de golpe. Empezaron a salir llamas a las que siguió gran cantidad de humo que le hizo perder de vista al ciervo. El sastre no sabía qué hacer ni adónde dirigirse para salir de aquel desierto y llegar a un lugar habitado. Estando así, indeciso, salió una voz de entre las rocas, que le gritó:

—Entra sin miedo, no te pasará nada malo.

Dudó un poco, pero impulsado por una fuerza secreta, se atrevió a entrar y, al atravesar la puerta de hierro, llegó a una sala grande y espaciosa, cuyo techo, paredes y suelo estaban hechos de sillares brillantemente pulidos, en cada uno de los cuales había grabados unos signos desconocidos. Lo observó todo con gran admiración y estaba a punto de volver a marcharse cuando oyó de nuevo la voz que le decía:

—Ponte en el centro de la sala, allí te espera una dicha muy grande.

Había cobrado ya tanto ánimo que siguió las órdenes. La piedra comenzó a ceder a sus pies y se hundió lentamente hacia abajo. Cuando volvió a estar en suelo firme, el sastre miró a su alrededor y se encontró en una sala de tamaño similar a la anterior. Pero aquí había más cosas que contemplar y que admirar. En las paredes había nichos excavados, en los que había recipientes de transparente cristal llenos de alcoholes de colores o de humo azulado. En el suelo de la sala había, uno enfrente de otro, dos grandes arcones de cristal que al instante despertaron su curiosidad. Se acercó a uno de ellos y vio en su interior un hermoso edificio que se semejaba a un hermoso palacio, rodeado de muchas casas, establos y graneros y un montón de otras cosas bonitas; todo era pequeño, pero cuidadosa y delicadamente trabajado en extremo, y parecía haber sido tallado con la mayor precisión por la mano de un artista.

No habría apartado aún sus ojos de aquellas rarezas de no haber oído de nuevo la voz que le urgió a darse la vuelta y contemplar el arcón que tenía enfrente. Cuán grande no sería su asombro al ver en su interior a una muchacha de grandísima belleza. Parecía dormida, envuelta en unos largos cabellos rubios como en un costoso abrigo. Tenía los ojos firmemente cerrados, pero el vivo color de su tez y una cinta que su aliento movía de un lado a otro no dejaban dudar de que vivía. El sastre estaba contemplando a aquella beldad con el corazón palpitante cuando, de repente, ella abrió los ojos y se estremeció en un agradable susto:

—¡Dios Justiciero! —exclamó—. ¡Mi liberación se acerca! ¡Rápido!, ¡rápido!, ayúdame a salir de esta prisión, si descorres el cerrojo de este ataúd de cristal, seré libre.

El sastre obedeció sin titubear, al momento ella levantó la tapa de cristal, salió de allí y se precipitó hacia un rincón de la sala, donde se cubrió con un abrigo. Luego se sentó sobre una piedra, dijo al joven que se acercara y, tras haberle dado un cariñoso beso, dijo:

—Mi libertador, largamente anhelado, el bondadoso cielo te ha guiado hasta mí y puesto fin a mis sufrimientos. En el mismo día en que estos terminan, ha de comenzar tu felicidad. Eres el esposo que el destino ha elegido para mí, y yo te amaré y pasarás tu vida en una dicha sin fin, rodeado de todos los bienes terrenales. Siéntate y escucha el relato de mi vida.

»Soy la hija de un rico conde; mis padres murieron cuando yo era aún muy joven y, en su última voluntad, me encomendaron a mi hermano mayor, con el que me eduqué. Nos queríamos tanto y nos entendíamos tan bien en nuestra forma de pensar y en nuestros gustos que ambos tomamos la decisión de no casarnos jamás, sino permanecer juntos hasta el fin de nuestros días. En nuestra casa nunca faltaba compañía: vecinos y amigos nos visitaban con frecuencia y nosotros les ofrecíamos a todos la mayor hospitalidad. En estas aconteció una noche que un forastero llegó a nuestro palacio y, con el pretexto de no poder alcanzar ya el próximo pueblo, nos pidió alojamiento. Accedimos a su ruego con la cortesía acostumbrada y él nos entretuvo muy amenamente durante la cena con su conversación, salpicada con algunas historietas. Yo me di buena cuenta de que, al hacerlo, me miraba a menudo con ojos fogosos y penetrantes. A mi hermano le agradaba tanto que le pidió que pasase unos días en nuestra compañía, a lo cual accedió no sin resistirse un poco. Nos levantamos de la mesa ya tarde, se le señaló una habitación al forastero y yo, cansada como estaba, me apresuré a acostar mis miembros bajo las blandas plumas. No había hecho más que adormilarme cuando me despertaron los tonos de una melodía adorable y extremadamente delicada. Como no podía comprender de dónde venía, iba a llamar a mi camarera que dormía en la habitación de al lado, pero para mi asombro sentí como si una angustia me oprimiera el pecho, como si un poder desconocido me hubiera robado el habla y no fui capaz de emitir el menor sonido. Entretanto, con la luz de la lamparita de noche, vi al forastero entrar en mi cuarto, firmemente cerrado por dos puertas. Se acercó y me dijo que, gracias a las artes mágicas de que disponía, había hecho sonar esa agradable música para despertarme y que él mismo atravesaba ahora todas las cerraduras con la intención de ofrecerme su corazón y su mano. Pero mi repugnancia ante sus artes mágicas fue tan grande que no me digné a responderle. Permaneció un rato inmóvil, probablemente esperando una respuesta favorable, pero como yo continuaba guardando silencio, dijo, iracundo, que encontraría los medios para castigar mi arrogancia, tras lo cual abandonó la habitación. Pasé la noche muy intranquila y no me dormí hasta el amanecer. Cuando me desperté, me apresuré a ir a ver a mi hermano para informarle de lo acontecido, pero no lo hallé en su habitación, y el sirviente me dijo que se había ido de caza con el forastero al romper el día.

»De inmediato intuí algo malo, me vestí rápidamente, mandé ensillar mi montura y, acompañada tan solo por un criado, salí a toda carrera hacia el bosque. El criado se cayó con el caballo y, como el caballo se había roto una pata, no pudo seguirme. Proseguí mi camino sin detenerme y, a los pocos minutos, vi al forastero venir hacia mí con un hermoso ciervo atado a una cuerda. Le pregunté dónde había dejado a mi hermano y cómo había conseguido aquel ciervo, de cuyos grandes ojos vi caer algunas lágrimas. En lugar de responderme, empezó a reírse a carcajadas; esto me indignó muchísimo, saqué una pistola y disparé contra el monstruo, pero la bala rebotó en su pecho y fue a dar en la cabeza de mi caballo.

Caí a tierra y el forastero murmuró algunas palabras que me robaron el sentido.

»Cuando volví en mí, me encontré en esta caverna subterránea, metida en un ataúd de cristal. El brujo volvió a aparecer y dijo que había transformado a mi hermano en un ciervo, que había reducido mi palacio con todas sus pertenencias y lo había metido en el otro arcón de cristal y que a mi gente, transformada en humo, la había introducido en botellas de cristal. Si ahora quería acceder a sus deseos, no le costaba nada devolverlo todo a su estado primitivo: solo tenía que abrir los recipientes para que todo recuperara su forma anterior. Le respondí tan poco como la primera vez; desapareció y me dejó en mi prisión, donde me sobrecogió un profundo sueño. Entre las imágenes que pasaron por mi mente hubo también una muy consoladora: que un joven sastre llegaba a liberarme, y al abrir hoy los ojos te he contemplado y he visto mi sueño cumplido. Ayúdame a cumplir todo lo que sucedía en aquella visión. Lo primero es poner el arcón de cristal en el que está mi palacio sobre aquella ancha piedra.

La piedra, en cuanto estuvo cargada, se elevó a lo alto con la doncella y el joven y, atravesando la abertura del techo, llegó a la primera sala, desde la que pudieron salir con facilidad al aire libre. Allí la joven abrió la tapa, y fue maravilloso contemplar cómo el palacio, las casas y los caseríos se extendieron y a toda velocidad aumentaron hasta su tamaño natural. Tras esto regresaron a la cueva subterránea y sacaron de la roca los frascos llenos de humo. Apenas la doncella hubo abierto los frascos, el azulado humo salió y se transformó en seres vivientes, en los que la joven reconoció a sus siervos y a su gente. Su alegría fue aún mayor cuando su hermano, que había dado muerte al brujo en la figura de aquel negro toro, llegó desde el bosque en su forma humana, y ese mismo día la joven, cumpliendo su promesa, dio su mano en el altar al afortunado sastre.

Publicado el 6 de febrero de 1836 en el número 6 de *Das Pfennig-Magazin für Kinder* (Revista de a penique para niños), págs. 44-48.

EL DIABLO Y DOÑA FORTUNA

Los matrimonios sin hijos se alían con el diablo para que su matrimonio sea fértil, pero han de entregarle al hijo mayor cuando este tenga quince años de edad. El muchacho es piadoso y lo educan en el temor de Dios; a los quince años lo cubren con una capa y lo dejan en un cruce. Desde un monte cercano el diablo se planta allí de un brinco, en forma de un jocoso macho cabrío, para llevárselo. El joven grita: «¡Písame el pie izquierdo y mira por encima de mi hombro derecho!». Eso no puede lograrlo el maligno sin hacer necesariamente una cruz, y sale corriendo. Entonces baja rodando de la montaña como una piedra molar, pero es desviada y tiene que renunciar a su presa. El joven va a parar a un bosque, a casa de doña Fortuna, y vive con ella largo tiempo con gran alegría; luego regresa a casa de sus padres, pero echa de menos a doña Fortuna, aunque no puede volver a encontrarla. En un bosque hay tres tipos sentados probándose zapatos, sombrero y capa. Se acerca sin que lo vean, se pone el sombrero, coge la capa y los zapatos y pide que lo lleven a casa de doña Fortuna, en la que aparece en ese mismo momento.

Publicado en el primer volumen de las *Altdeutsche Blätter von M. Haupt und H. Hoffmann* (Antiguos pliegos alemanes por M. Haupt y H. Hoffmann), 1836, págs. 296-297.

Cuando Adán y Eva fueron expulsados del paraíso, tuvieron que labrar la tierra infértil y criar a muchos hijos juntos. Pasado un tiempo, Dios todopoderoso les envió un ángel para decirles que quería ir a visitarlos y ver su casa. Eva se alegró de la bondad de Dios, limpió y adornó su hogar con hierbas y flores, y empezó a bañar a los más hermosos de sus hijos hasta dejarlos relucientes, los peinó, les puso camisas recién lavadas y les advirtió de que debían inclinarse cortésmente ante el Señor, darle la mano y portarse bien en su presencia. A sus hijos feos, por el contrario, los ocultó entre la paja y el heno, o los escondió en la estufa, por miedo a que el señor manifestara su disgusto al verlos. Así, cuando llegó Dios nuestro Señor, los apuestos niños estaban en fila, lo recibieron, se inclinaron, le tendieron la mano y se arrodillaron. Pero el Señor empezó a bendecirlos, puso sus manos sobre el primero de los chicos y dijo:

—Tú serás un rey poderoso.

Al segundo:

—Tú, un príncipe.

Al tercero:

—Tú, un conde.

Al cuarto:

—Tú, un caballero.

Al quinto:

—Tú, un noble.

Al sexto:

—Serás un ciudadano.

Al séptimo:

—Serás un comerciante.

Al octavo:

—¡Tú serás un hombre sabio!

Y a todos les dio sus ricas bendiciones. Viendo esto y considerando la misericordia del Señor, Eva pensó: «Voy a sacar también a mis hijos feos para que Dios se apiade de ellos», echó a correr y los sacó de entre el heno, la paja y la estufa, y los llevó ante Dios, toda una cuadrilla triste, sucia, tiñosa, tiznada, grosera y harapienta. El Señor sonrió, los miró a todos y dijo:

—A estos voy a bendecirlos también. —Y poniendo sus manos sobre el primero, dijo:

—Tú serás un campesino.

Al segundo:

—Tú, un pescador.

Al tercero:

—Serás un herrero.

Al cuarto:

—Serás un curtidor.

Al quinto:

—Un tejedor.

Al sexto:

—Un zapatero.

Al séptimo:

—Un sastre.

Al octavo:

—Un alfarero.

Al noveno:

—Un carretero.

Al décimo:

—Un barquero.

Al undécimo:

—Un mensajero.

Al duodécimo:

—¡Tú serás un criado toda tu vida!

Al oír todo esto, dijo Eva:

—Señor, ¿cómo es que repartes tus bendiciones de manera tan desigual? Todos son hijos míos y tu gracia debería recaer sobre todos por igual.

Pero el Señor respondió:

—Eva, no lo entiendes. Es mi obligación y a mí me corresponde llenar el mundo entero con tus hijos; si todos fueran príncipes y señores, ¿quién sembraría el trigo, quién trillaría, molería y cocería el pan?, ¿quién forjaría, tejería, clavaría, edificaría, cavaría, cortaría y cosería? Cada uno debe representar a su gremio, para que el uno sostenga al otro y todos estén alimentados, igual que los miembros del cuerpo.

Entonces respondió Eva:

—¡Ay, Señor, perdóname! Me apresuré demasiado a censurarte, hágase tu voluntad divina en mis hijos.

Publicado en 1842 en el número 2 de *Zeitschrift für deutsches Alterthum und deutsche Litteratur* (Revista de la Antigüedad y la Literatura alemanas), págs. 258 y ss.

El maestro Pfriem era un hombre bajo y enjuto, pero muy vivaz, que no tenía un solo momento de paz. Su rostro, del que sobresalía la nariz como un puño, estaba picado de viruelas y pálido como la muerte; tenía los cabellos canos y desgreñados y los ojos pequeños, pero no dejaban de fulgurar a derecha y a izquierda. Se percataba de todo, lo criticaba todo, todo lo sabía mejor que los demás y en todo tenía razón. Cuando salía a la calle, movía los brazos como si fueran remos y, en una ocasión, de un golpe hizo saltar por los aires el cántaro de una muchacha que llevaba agua, tan alto que él mismo acabó mojado. Era zapatero de profesión y, cuando trabajaba, estiraba el hilo con tanta fuerza que le metía el puño en el cuerpo a todo aquel que no se hubiera alejado lo suficiente. Ningún aprendiz aguantaba con él más de un mes, pues siempre tenía algo que criticar hasta en el mejor de los trabajos. O las puntadas no eran iguales, o un zapato era más largo, o un tacón más alto que el otro, o la piel no estaba bien curtida. A todos los llamaba vagos. Él mismo tampoco daba mucho de sí, pues no paraba quieto ni un cuarto de hora. Si su mujer se levantaba por la mañana y encendía el fuego, se ponía en pie de un salto y echaba a correr descalzo a la cocina.

—¿Es que queréis prender la casa? —gritaba—. ¡En este fuego podría asarse un buey! ¿O es que acaso la leña no cuesta dinero?

Si las criadas estaban en la tina de lavar contándose cosas, las reprendía:

—Hete aquí los gansos graznando y con la charla se olvidan del trabajo. Y además ese jabón recién hecho, vaya un despilfarro más impío, además de una tremenda holgazanería: quieren cuidarse las manos y no frotar la ropa.

Si se estaba edificando algo en la calle, echaba a correr hacia la ventana para mirar.

—Otra vez están haciendo paredes —exclamó— de esa piedra roja que nunca se seca, en la casa no quedará nadie sano. Y mirad lo mal que los aprendices están colocando las piedras; el mortero no sirve para nada, guijarros tienen que echar, no arena. Todavía veré cómo a la gente se le cae la casa en la cabeza.

Se sentó, pero volvió a levantarse de inmediato, se quitó el delantal y dijo:

—Voy a ir a enseñarles cómo se hace.

Y se encontró con los carpinteros.

—¿Qué es esto? —exclamó—. No estáis cortándolo recto. Os creéis que las vigas están rectas, pero se os va a desmoronar todo.

Le quitó a un carpintero el hacha de la mano y se disponía a mostrarle cómo tenía que cortar, pero como viera llegar un carro cargado de arcilla tiró el hacha y de un salto se plantó ante el labrador que lo llevaba.

—No estáis en vuestros cabales —gritó—, ¿quién engancha potros a un carro tan cargado? Los pobres animales se os desplomarán en el sitio.

El labrador no le respondió y Pfriem, enojado, volvió a su taller. Cuando se disponía a volver de nuevo al trabajo, un aprendiz le alcanzó un zapato.

—¿Qué es esto otra vez? —le espetó a gritos—. ¿No os he dicho que no cortéis tan anchos los zapatos? ¿Quién va a comprar un zapato en el que no hay prácticamente nada más que suela? Exijo que mis órdenes se cumplan a rajatabla.

—Maestro —respondió el aprendiz—, seguro que tenéis razón en lo de que el zapato no sirve para nada, pero es el que vos mismo habéis cortado y empezado a trabajar. Antes, al levantaros, lo habéis tirado de la mesa y yo tan solo lo he recogido. Pero a vos ni un ángel del cielo podrá haceros como es debido.

Una noche el maestro Pfriem soñó que había muerto y que iba de camino al Cielo. Al llegar y llamar a la puerta le abrió el apóstol Pedro para ver quién quería entrar.

—Ah, sois vos, maestro Pfriem, os dejaré entrar, pero os advierto: no critiquéis nada de lo que hay en el Cielo, os podría perjudicar.

—Podríais haberos ahorrado la advertencia —replicó Pfriem—, pues ya sé lo que toca y aquí, gracias a

Dios, todo está perfecto y no hay nada que criticar como en la Tierra.

Así que entró, anduvo de un lado a otro por las espaciosas salas del Cielo y miró por todas partes, pero de vez en cuando meneaba la cabeza. En esas vio a dos ángeles que llevaban una viga. Era la viga que uno había tenido en el ojo, mientras buscaba la paja en los de los demás. Pero no cargaban la viga a lo largo, sino a lo ancho. «¿Habrase visto una estupidez semejante? —pensó el maestro Pfriem, pero guardó silencio y lo dejó estar—. En realidad lo de llevar la viga da igual si consiguen pasar, y en verdad no veo que se choquen con nada». Poco después vio a dos ángeles echando agua de una fuente a un barril; al mismo tiempo Pfriem se percató de que el barril estaba agujereado y el agua se escapaba por todas partes. Los ángeles regaban la Tierra con lluvia.

—¡Rayos y centellas! —estalló de repente, pero por fortuna reflexionó y pensó: «Es un mero pasatiempo, si a uno le divierte puede dedicarse a hacer cosas inútiles como esa, sobre todo aquí, donde lo único que hacen todos, por lo que veo, es holgazanear».

Continuó andando y vio un carro que se había quedado metido en un profundo agujero. Llegó un ángel y le enganchó dos caballos por delante. «Muy bien —pensó Pfriem—, pero dos caballos no van a sacar el carro, al menos se necesitan cuatro». Llegó un segundo ángel que traía dos caballos más, pero no los enganchó delante, sino detrás. Eso fue ya demasiado para el maestro Pfriem.

—¡Atolondrado! —empezó a decir—. Pero ¿qué estás haciendo? ¿Acaso ha conseguido alguien sacar así un carro desde que el mundo es mundo? En su vanidosa soberbia creen saberlo todo mejor.

Quería seguir hablando, pero uno de los habitantes del Cielo lo había cogido ya del cuello y echado de allí con una fuerza imposible de oponer resistencia. Bajo la puerta el maestro se volvió una vez más y vio como el carro era levantado en volandas por cuatro caballos alados.

En ese momento Pfriem se despertó.

—Cierto que en el Cielo las cosas son algo diferentes que aquí en la Tierra —se dijo para sus adentros—, y algunas pueden disculparse, pero ¿quién puede observar tranquilamente cómo se enganchan a un tiempo dos caballos delante y dos detrás? Claro que tenían alas, pero yo no las había visto. Pero ya es hora de que me levante, de lo contrario me lo harán todo al revés. Es una suerte que no me haya muerto de verdad.

Publicado en 1843 en el *Berliner Taschenbuch* (El libro de bolsillo berlinés), editado por H. Kletke, Alexander Duncker y Eduard Haenel, págs. 168-173.

LA GUERRA DE LAS AVISPAS Y LOS ASNOS

Un asno está paciendo en una colina, las abejas revolotean a su alrededor; además llega volando una avispa y se le posa en la oreja. El asno, al sentir sus picotazos, se enfurece, se menea, rebuzna bien alto y corre de un lado para otro. Al final le dice a gritos al maldito bicho:

—Te has escondido en las cavidades de mi cuerpo, sal y lucha abiertamente conmigo. Si tienes valor, los enjambres de abejas y las recuas de mulas librarán una batalla entre sí.

Se acuerda una lucha en campo abierto y se fija el día. El asno se va a ver al león y le informa de lo que ha ocurrido; al hacerlo le dice que está preocupado por si la avispa volviera a metérsele en el oído. El león le aconseja cerrar todos los orificios de su cuerpo con tiras de cuero, así sus enemigos no podrán hacerle nada y saldrá vencedor. Siguen este consejo y, así protegidos, se presentan en el campo de batalla. Al ver las avispas que no tienen ningún camino abierto para penetrar en el enemigo, se colocan bajo las barrigas de los animales y los torturan con todas sus fuerzas. Los asnos se lanzan sobre las avispas para aplastarlas, pero, al hacerlo, se parten las cintas con las que estaban tapados los orificios. Entonces las avispas entran por todas partes, y muerden, pican y atormentan a los asnos hasta tal extremo que estos exclaman:

—Nos damos por vencidos con tal de que nos dejéis en paz.

Publicado en 1853 en el primer volumen de la *Zeitschrift für Deutsche Mythologie und Sittenkunde* (Revista de Mitología y Cultura alemanas), editada en Gotinga por J. W. Wolf, págs. 1-2.

El reyezuelo se convirtió en rey por su astucia, no por su valor, y fue coronado rey por encima de otras aves, a pesar de ser la más pequeña. En una ocasión en que las aves se congregaron para elegir un rey, convinieron en que debería serlo aquel que fuera capaz de volar más alto. El águila dijo:

—¿Quién entre las aves puede compararse conmigo y quién es más rápido que yo?

Pero el reyezuelo pensó:

—Voy a dejar que ella me suba a lo alto. —Y se metió bajo sus alas.

Las aves echaron a volar y el águila subió mucho más alto que el resto. Entonces exclamó:

—¡Yo soy el señor de las aves!

Cuando el reyezuelo vio que el águila estaba fatigada y no podía seguir más, reunió todas sus fuerzas y siguió volando un poco más alto. De ese modo el premio fue suyo y él el rey de las aves.

Publicado en 1853 en el primer volumen de la
Zeitschrift für Deutsche Mythologie und Sittenkunde
(Revista de Mitología y Cultura alemanas), edita-
da en Gotinga por J. W. Wolf, pág. 2.

EPÍLOGO

A pesar de su importante labor como filólogos, los hermanos Grimm han pasado a la historia por ser los recopiladores de las historias contenidas en los dos volúmenes de sus *Cuentos de niños y del hogar (Kinder- und Hausmärchen)*. El primero de ellos vio la luz en diciembre de 1812. A este le siguió un segundo en 1815, y ya el 14 de octubre de ese mismo año Wilhelm Grimm escribía a su hermano: «Los cuentos nos han hecho famosos en todo el mundo».[1] Las numerosas ediciones de los cuentos de los hermanos Grimm (ya en vida de ambos se llevaron a cabo siete completas y diez abreviadas) y las muchas traducciones a otras lenguas dan buena cuenta de que su colección se convirtió rápidamente en lo que podríamos denominar como un verdadero «libro popular». Además, y más allá del éxito que

---

[1] *Briefwechsel zwischen Jacob und Wilhelm Grimm*. En *Grimm Briefwechsel* 1.1, ed. de Heinz Rölleke, Stuttgart: Hirzel, 2001, pág. 458.

tuvieron en su momento, los cuentos por ellos recopilados representan una auténtica joya cultural sin la cual no podríamos entender nuestra propia literatura. Tal vez porque hoy en día, al conocer un buen número de ellos desde la infancia, los cuentos de los dos hermanos alemanes son concebidos como algo que, de forma natural, pertenece a nuestra cultura, aunque, en realidad, es poco lo que el lector habitual sabe sobre el origen, la composición y la posterior evolución de la colección. En cualquier caso, al enfrentarse a los cuentos recogidos en este volumen podrá comprobar que el resultado final fue consecuencia de un arduo proceso de trabajo filológico y le ayudará a comprender el empeño y dedicación a una tarea que en ningún momento fue fácil de llevar a cabo.

Los dos hermanos pasaron juntos toda su vida y juntos llevaron a cabo siempre todos sus trabajos: Jacob había nacido en 1875 y Wilhelm en 1876, ambos en Hanau, una pequeña localidad a la que el cabeza de familia había sido trasladado en su calidad de funcionario. Allí aprendieron desde muy pequeños a amar las costumbres de aquella tierra y sus paisajes, lo cual influiría en ellos posteriormente de manera decisiva al dedicarse al estudio de la literatura popular. De los nueve hijos nacidos del matrimonio entre Philipp Wilhelm Grimm (1751-1796) y Dorothea Zimmer (1755-1808) tres fallecieron a temprana edad. Solo sobrevivieron Jacob, Wilhelm, Carl, Ferdinand, Ludwig Emil y Charlotte. La repentina muerte del padre en

1796 dejó a la familia en serias dificultades económicas, pues se vieron obligados a abandonar la casa en la que vivían. Este acontecimiento cerró una primera etapa de la vida de los hermanos que, con la ayuda de una tía que residía en la corte, pudieron continuar a partir de 1798 sus estudios superiores. Poco después, en 1802, se trasladaron a Marburg para empezar sus estudios de leyes en la universidad de aquella localidad. Allí tuvieron como maestros a dos grandes historiadores: Friedrich Carl von Savigny, del derecho, y Ludwig Wachler, de la literatura. Fueron ellos quienes fomentaron en ambos hermanos no solo el amor por el estudio de la historia, sino que supieron transmitirles también la fe en las fuerzas aún vivas y activas de la tradición, de lo popular, y despertaron en ellos el interés por la antigua poesía y, en general, por la literatura alemana, animándoles a recopilar textos antiguos y poesía popular. Este interés de ambos hermanos por lo popular empezó a gestarse seguramente en un momento preciso, pues el 22 de marzo de 1806 el escritor Clemens Brentano, que proyectaba reunir y editar una colección de cuentos, primero solo italianos —una prueba fehaciente del éxito del que gozaban en aquel momento los cuentos de hadas procedentes de Francia e Italia— y después europeos en general, había escrito desde Heidelberg a su cuñado Savigny una carta en la que le pedía lo siguiente: «[...], ¿no tendrá usted en Kassel a un amigo que pudiera darse una vuelta por la biblioteca para ver si hay allí algún que otro poemilla antiguo que me pudiera copiar?».[2] Savigny encomendó esta tarea a Jacob Grimm, que rápidamente se convirtió en uno de los más activos colaboradores de la colección de poemas que Clemens Brentano (1778-1842) y Achim von Arnim (1781-1831) publicarían en tres volúmenes entre 1805 y 1808: *El muchacho de la trompa mágica (Des Knaben Wunderhorn)*. Ya en 1805 Brentano había conseguido que los Grimm se interesaran por su proyecto, tal como puede deducirse de una carta a Arnim fechada en Kassel el 22 de octubre de 1807: «[…] tengo aquí a dos amigos alemanes muy queridos, muy queridos ya desde hace tiempo, de apellido Grimm, a los que antaño hice interesarse por la poesía antigua y que he vuelto a encontrar ahora tras dos años de largo, laborioso y muy consecuente estudio, tan ilustrados y tan llenos de notas, de experiencias y de los aspectos más variopintos de toda la poesía romántica que estoy asustado de su modestia ante el tesoro que poseen […]».[3] La amistad con ambos (poco tiempo después Brentano les presentaría a su amigo y colaborador Achim von Arnim) fue del todo imprescindible para lo que al trabajo en los cuentos se refiere.

Vistos, pues, los orígenes del proceso recopilatorio, y en contra de lo que se dice en los prólogos a las

---

[2] Clemens Brentano, *Sämtliche Werke und Briefe*, vol. 31, Briefe III, ed. de Jürgen Behrens *et al.*, Sttutgart / Berlín / Colonia: Kohlhammer, 1991, págs. 512-513.

[3] *Ibid.*, págs. 620-621.

ediciones de los textos, así como a la idea generalizada hasta hoy de que la colección de los Grimm fue resultado de una investigación de campo, en la que los hermanos recopilaron cuentos de la tradición oral, queda más que patente que los inicios de la colección tuvieron ya desde un principio un perfil claramente literario, es decir, que fueron considerados por ellos como una parte más de su actividad filológica.

Brentano y Arnim, dos de los principales representantes del círculo romántico de Heidelberg, eran fieles seguidores de las teorías de Johann Gottfried Herder (1744-1803), quien mantenía, en contra de las ideas ilustradas, que la poesía era el alma, el espíritu del pueblo, de ahí que se hiciera necesario recopilar los testimonios de las literaturas populares desaparecidas, a fin de recuperar y entender ese espíritu, diferente en cada nación. Siguiendo estos postulados, los dos amigos se esforzaron sin cesar por recuperar los tesoros de la antigua poesía popular alemana, que se creían perdidos, para rescatarlos y entregarlos de nuevo al pueblo. Con los tres volúmenes de su colección de lírica popular habían marcado las pautas de cómo proceder a la hora de recopilar este tipo de poesía y alentaban con ello a otros poetas e investigadores interesados para que hicieran lo mismo. Poco después de su publicación, el 17 de diciembre de 1805, el propio Arnim hacía pública en el *Reichsanzeiger* una llamada a la continuación de su colección, dirigiendo la atención también a las formas épicas de la poesía popular y haciendo hincapié en la necesidad de recopilar las sagas y los cuentos de la tradición oral para publicarlos como continuación de la colección de lírica.

Gracias a su amistad con Brentano y con Arnim los hermanos Grimm se adentraron en el círculo del Romanticismo de Heidelberg y dieron sus primeros pasos en el ámbito literario, al tiempo que se iniciaron en las ideas de Herder. Al ocuparse de los cuentos, los Grimm pronto se dieron cuenta de que estos eran una reliquia del pasado alemán de la que no se podía prescindir. El propio Jacob manifestó en una ocasión que no habría podido trabajar en ellos con tanto afán si no hubiera estado seguro de lo importantes que podrían ser para la poesía, la mitología y la historia. Se sabe que a finales de 1806 o comienzos de 1807 los hermanos estaban trabajando ya en la recopilación de los textos. En primera línea se apoyaron en relatos orales, porque este procedimiento prometía las mayores posibilidades de obtener buenos resultados, y no dejaron de esforzarse por rastrear y buscar nuevos relatores, sobre todo mujeres mayores del campo. Pero encontrarlas y hacerse con los tan deseados cuentos fue a veces una tarea llena de dificultades. Wilhelm Grimm relata uno de estos casos en una carta a Clemens Brentano fechada el 25 de octubre de 1810: «En Marburg traté de que una anciana me contara todo lo que sabía, pero me fue mal. El oráculo no quería hablar porque las hermanas del hospital se lo tomarían a mal si alguien se lo contaba y se enteraban, y todo mi esfuerzo se hubiera echado prácticamente a perder si no hubiera dado con uno que está casado con una hermana del intendente del hospital y al que al final convencí para que convenciera a su mujer para que convenciera a su cuñada de que les contara los cuentos a sus hijos y ella los copiara. A través de tantos pasadizos y vericuetos es como el oro sale al final a la luz».[4]

Un análisis detenido de las fuentes ha llevado a los estudiosos a la conclusión de que no todos los cuentos de los hermanos Grimm están basados en relatos orales, tal como se pensaba, sino que proceden de numerosas fuentes, tanto orales como escritas. La colección, que comenzó a compilarse nada más recibir Jacob el encargo de Brentano, experimentó un largo proceso de revisiones, transformaciones y añadidos que se extendió hasta 1850. Fueron más de veinte las personas que contribuyeron a ella con sus relatos, ello sin olvidar las variantes orales y escritas de los cuentos de Madame d'Aulnoy, Ch. Perrault, G. Straparola, G. Basile y las *Mil y una noches*, así como de las primeras colecciones de cuentos alemanes, los *Cuentos populares de los alemanes (Volksmärchen der Deutschen)* de Johann Karl August Musäus (1735-1787), publicada entre 1782 y 1786, y los *Nuevos cuentos populares de los alemanes (Neue Volksmärchen der Deutschen)* de Benedikte Naubert (1752-1819), entre 1789 y 1792, tan de moda en aquella época. Entre las fuentes de carácter oral se cuentan las seis hijas del farmacéutico Wild, vecino de los Grimm en Kassel (una de ellas,

---

[4] Citado según Manfred Lemmer en su epílogo a *Grimms Märchen in ursprünglicher Gestalt*, Fráncfort: Insel, 1964, pág. 75.

Dorothea Wild, contraería matrimonio posteriormente con Wilhelm, en 1825), Friedrike Mannel, la hija del pastor de la cercana localidad de Allendorf, las hermanas Hassenpflug, las seis hijas de la familia Haxthausen, y también las hermanas Droste-Hülshoff, una de las cuales, Annette, se convertiría en la poetisa más relevante del siglo XIX alemán. Pero la que más cuentos aportó a la colección fue sin duda alguna Dorothea Viehmann (de soltera Pierson), la hija de un inmigrante hugonote, que residía en las cercanías de Kassel. Es decir, y esto es un dato relevante, que todo el material de los cuentos, con muy escasas excepciones, fue aportado exclusivamente por mujeres. Y es relevante porque no debe olvidarse que muchas de ellas habían recibido una educación afrancesada, bien por su claro origen hugonote, bien porque por aquel entonces estaba de moda educar en la cultura francesa a las hijas de las clases más distinguidas de la sociedad. De este modo, no resulta extraño que algunos de los cuentos transmitidos fueran en realidad versiones de los cuentos de hadas franceses, que, en las colecciones de Madame d'Aulnoy, Mlle. Lhéritier, Mlle. Bernard, Mlle. de la Force o Madame de Murat, habían llegado a Alemania y eran utilizados con frecuencia para que los niños aprendieran la lengua del país vecino. Pero lo más importante, si cabe, es el hecho de que las narradoras de los cuentos no fueron precisamente campesinas, sino mujeres de la alta burguesía y con una buena formación.

Como sabía que los hermanos habían recopilado ya, tras tres años de actividad, un material ingente para la colección, Brentano les pidió, primero el 2 de julio de 1809 y después el 3 de septiembre de 1810, que le dejaran revisar su material. Los Grimm, en efecto, le enviaron su colección manuscrita el 17 de octubre de 1810, no sin antes hacerse una copia de todo el trabajo y recordar a Brentano en una carta adjunta que tuviera a bien devolverles los papeles cuando los hubiera revisado. Brentano nunca les devolvió los cuentos. La colección manuscrita permaneció en su legado, que fue enviado al monasterio trapense de Ölenberg, en el sur de Alsacia, permaneciendo de ese modo preservada para la posteridad, pues la copia del original que habían hecho los propios hermanos Grimm antes de enviar el manuscrito a Brentano no se ha conservado. Probablemente fue destruida tras la publicación de la colección.

Así pues, al no obtener respuesta alguna de él, en marzo de 1811 los hermanos reanudaron el trabajo en los textos y a mediados de diciembre de 1812, gracias a la mediación de Achim von Arnim, vieron la luz en la Realschulbuchhandlung de Berlín. Los dos amigos habían tenido, pues, una influencia decisiva en la gestación y el devenir de la obra: Brentano había dado pie a la recopilación, Arnim había conseguido que viera la luz. A partir de ese momento, los cuentos seguirían ya su propio camino.

Que ese camino no fue precisamente un camino de rosas se debe, tal vez, al título escogido, que primero acaparó un buen número de críticas, para terminar después mereciendo el reconocimiento y el éxito generalizados. Pero también influyó en ello la forma en que los hermanos concibieron el proceso de fijación escrita de la colección y el empeño en trabajar siempre desde un punto de vista exclusivamente filológico. El respeto a la lengua y a la poesía los obligó así a la más estricta fidelidad a la hora de reproducirlos y les prohibió añadir nada que no estuviera presente en ellos: «Por lo que respecta al modo en que los hemos recopilado, lo que nos ha importado sobre todo ha sido la fidelidad y la verdad. No hemos añadido nada de nuestra propia cosecha, no hemos embellecido ni un solo acontecimiento ni un pasaje de lo relatado, sino que hemos reproducido su contenido tal como lo hemos recogido; que, en su mayor parte, la forma de expresión tenga que ver con ello, se entiende de por sí, pero hemos tratado de mantener cualquier peculiaridad que hayamos percibido, para incluso en este aspecto dejar a la colección la variedad de su propia naturaleza».[5] Los hermanos se sentían por encima de todo filólogos, coleccionistas, transmisores y preservadores de un tesoro popular, y en ello precisamente, en esa fe en su papel de editores, es en lo que reside lo novedoso de su colección y lo que determinaría su éxito, pues hasta ese momento todos sus predecesores (Musäus,

---

[5] *Kinder- und Hausmärchen. Gesammelt durch die Brüder Grimm*, Berlín, in der Realschulbuchhandlung, 1812. Cito por el volumen 1 de la edición facsímil, Gotinga: Vandenhoeck & Ruprecht, 1986, págs. XVIII-XIX.

Naubert, Brentano, Arnim, Görres o Wieland) habían trabajado de forma muy libre con los testimonios de la poesía popular, dándoles una forma claramente literaria, en correspondencia con la de las colecciones de cuentos italianos o franceses que circulaban en Alemania. Los textos fueron publicados en sus diversas ediciones en un periodo de unos cuarenta años aproximadamente: durante la primera etapa, de 1807 a 1810 fue Jacob quien más trabajó en ellos y quien empezó a publicarlos en periódicos y almanaques como testimonio de la pervivencia oral de antiguos mitos y epopeyas alemanes. Pero sería Wilhelm quien, posteriormente y en una segunda etapa mucho más larga, empezaría a publicarlos en almanaques para niños, sentando con ello las bases para el que sería después su público principal. Pero, aun con todo, al comienzo de la tarea conjunta no dejó de haber algunas desavenencias entre ambos hermanos acerca de este aspecto, es decir, de si los cuentos debían tener un aspecto más científico o más artístico. La concepción estrictamente científica era defendida de manera consecuente por Jacob, mientras que Wilhelm, de naturaleza mucho más artística, ponía el énfasis en el valor poético de los cuentos, con los que pretendía llegar a los lectores de su época. Por eso escribe en el prólogo al segundo volumen en 1815: «Ese es el motivo por el que con nuestra colección no queríamos prestarle un servicio únicamente a la historia de la poesía y de la mitología, sino que era nuestra intención que la propia poesía que vive en ellas surtiera efecto y al mismo tiempo alegrara a quien pueda alegrar, es decir, que sirviera también como un libro didáctico».[6]

Una vez resueltas las desavenencias entre ambos, decidieron trabajar desde un punto de vista histórico y dar más importancia al contenido que a la forma, pues el estilo original de los cuentos, al igual que su forma primitiva, hacía ya tiempo que se habían perdido. Jacob quería preservar el carácter científico de la colección y en ningún momento pensó en que esta hubiera de ir dirigida a un público infantil, aunque ya por aquellos años los nuevos modelos pedagógicos habían demostrado que eran los niños precisamente los receptores ideales de este tipo de textos. Él valoraba los cuentos desde dos puntos de vista: el científico y el poético; Wilhelm, por el contrario, sí veía a los niños como potenciales receptores, aun a sabiendas de que algunos de los textos contenidos en el volumen podrían no resultar del todo convenientes para los jóvenes lectores. De ahí que en ediciones posteriores, siguiendo el consejo de Arnim, separase definitivamente las anotaciones filológicas, que se editaron en un volumen aparte, añadiera algunas ilustraciones y, sobre todo, alterara el estilo y el contenido de algunos cuentos que resultaban demasiado crueles. Con el tiempo, Wilhelm fue perfilando el estilo de edición en edición, y limándolo para que no pareciera tan tosco, conformando a su manera el magnífico estilo de los cuentos y mejorando las carencias de la primera edición, aunque en ello se

---

[6] *Ibid.*, vol. 2, pág. 13.

desviara de la línea estrictamente filológica propuesta por Jacob. Y ello porque tales correcciones han de entenderse como correcciones estilísticas en toda regla, en el sentido en que atañen también a la construcción, a los motivos, a la caracterización de los personajes, al diálogo, a la transformación de ciertos rasgos, a la adaptación a la mentalidad infantil y a otros muchos aspectos. Pudo hacerlo en tanto que Jacob estaba por entonces dedicado a otros trabajos lingüísticos —la *Gramática de la lengua alemana*—, no sin que por ello disminuyera su interés por la recopilación de cuentos y su posterior fijación escrita. Y así, gracias a las muchas revisiones a las que sometió a los textos, Wilhelm Grimm consiguió un tono apropiado que hoy se ha convertido ya en un género («Gattung Grimm») y que propició el gusto por la lectura de este tipo de relatos folklóricos. Además, en años posteriores, Wilhelm fue enfatizando cada vez más el valor poético de los textos, algo que trató de hacer patente también en las ediciones que realizó de cuentos de otras latitudes.

Visto así, las múltiples intervenciones que Wilhelm llevó a cabo en los originales podrían entenderse, tal vez, como una alteración que falsea la realidad del texto, pero precisamente de la combinación de la recopilación científica llevada a cabo por Jacob y de la reelaboración estilística llevada a cabo por Wilhelm es de donde surgió la magnífica obra que todos conocemos y que tan importante papel ha desempeñado en toda la literatura occidental.

Los cuentos que ofrecemos al lector en la presente edición no fueron objeto de estas cuidadas alteraciones llevadas a cabo por Wilhelm, y son, por tanto, los que se hallan más cerca de la fuente de la que fueron extraídos. Esto se puede apreciar muy bien en la forma que presentan, y que, tal vez, pueda resonar algo toscamente en los oídos de algún que otro lector. Pero precisamente con su lectura comprenderá cuán larga y dificultosa fue la tarea de ambos hermanos desde el momento en que iniciaron el proceso de fijación escrita de los primeros textos recopilados hasta llegar a las versiones que conocemos en la actualidad.

El conjunto de textos recogidos aquí apenas ha sido estudiado y es, por tanto, prácticamente desconocido para el gran público, pues todos los cuentos en él contenidos aparecieron en revistas o periódicos, de forma aislada y al margen de las numerosas ediciones de la colección realizadas en vida de los hermanos. Precisamente por ello han permanecido así con su forma original. Hasta hoy han podido documentarse tan solo diecisiete, diez de los cuales fueron incluidos después, con importantes variaciones formales en la colección definitiva, mientras que los siete restantes, debido seguramente a su origen extranjero (*Un cuentecillo*, *Historia de la centella*, *La fiesta de los habitantes del mundo subterráneo*, *Cuento de Hans el Espabilado*, *Heinz el Vago*, *La guerra de las avispas y los asnos* y *El reyezuelo*), no aparecen en ninguna de las publicaciones que los hermanos hicieron en forma de libro. Que hayan permanecido prácticamente ocultos y no hayan sido tenidos en cuenta se debe fundamentalmente al hecho de que los propios hermanos no hicieron apenas referencia a ellos y, por tanto, no se incluyeron en los numerosos estudios llevados a cabo sobre los cuentos de los hermanos Grimm. Tan solo Heinz Rölleke, uno de los mayores especialistas en el género, supo prestarles la atención que merecían y los editó conjuntamente en un volumen publicado por la editorial Insel en 1993. Es en él en el que nos hemos basado para la presente edición. En cualquier caso, de lo que no cabe duda es de que estas piezas poseen un valor incalculable, puesto que son la base sobre la que los Grimm trabajaron para la posterior redacción de sus versiones y, por tanto, una de las pocas manifestaciones existentes sobre el origen del proceso del trabajo filológico en esta colección universal.

Los textos aparecen ordenados cronológicamente según su fecha de publicación. En una nota al pie se dan los datos sobre el lugar y la fecha en que fueron publicados. Es otra forma de ver y entender el libro alemán más editado, más traducido y más famoso de todos los tiempos.

Isabel Hernández
Stanford, 2012

SUMARIO

El sastre que llegó al cielo, 59

Publicado el 19 de febrero de 1818 en el número
15 de *Wünschelruthe. Ein Zeitblatt* (Varita mágica.
Diario de actualidad), pág. 50.

La fiesta de los habitantes
del mundo subterráneo, 61

Publicado en 1827 en el *Märchenalmanach für
Söhne und Töchter gebildeter Stände auf das Jahr 1827*
(Almanaque de cuentos para hijos e hijas de las
clases cultas), editado por Wilhelm Hauff
en Stuttgart, págs. 253-268.

Blancanieves y Rosarroja, 75

Publicado en 1827 en el *Märchenalmanach für
Söhne und Töchter gebildeter Stände auf das Jahr 1827*
(Almanaque de cuentos para hijos e hijas de las
clases cultas), editado por Wilhelm Hauff
en Stuttgart, págs. 269-278.

Cuento de Hans el Espabilado, 85

Publicado el 2 de enero de 1836 en el número 1
de *Das Pfennig-Magazin für Kinder* (Revista de a
penique para niños), pág. 7.

Heinz el Vago, 87

Publicado el 9 de enero de 1836 en el número 2
de *Das Pfennig-Magazin für Kinder* (Revista de a
penique para niños), págs. 13 y ss.

El ataúd de cristal, 91

Publicado el 6 de febrero de 1836 en el número 6
de *Das Pfennig-Magazin für Kinder* (Revista de a
penique para niños), págs. 44-48.

Esta edición de *El sastre que llegó al cielo,*
compuesta en tipos Adobe Garamond Pro 13/16
sobre papel offset Torras Natural de 120 g,
se acabó de imprimir en Madrid el día 6 de junio de 2024,
aniversario del nacimiento de Aleksandr Pushkin